風土に根ざした
奔念のエコー3

～戦後を生きた岐阜の詩人点描～

目次

目次

『飛騨戦後詩史』ノート

未明の山峡に交感する詩心の位置

岐阜の風土に根ざす詩魂の核をなすものはいったい何であろうか。つたない詩ノートを書きながら、その手がかりを求めようとしてきた。特に戦後の岐阜市に開花した『詩宴』を軸にした詩活動の場の広がりが、どのような方位を持とうとしたかという点に強い関心を覚えた。

そんな折に古書店で『飛騨戦後詩史』を発見した。編者は西村宏一である。丹念に照査された内容を一読しながら驚いた。同じ県に住みながら、飛騨と聞けば、美しく豊かな自然に囲まれた地での人と生活のありようをイメージする。そこより生まれる詩心は牧歌性に包まれたおおらかさを期待させる。

しかしそのような思い入れは見事に打ち砕かれる。この地においては、すでに四百人余の詩人が輩出されていたことと、その詩活動の方位が日々のなりわいのあるべき方向を求めていたことに強い関心を持たされたからである。

その方向が、飛騨の風土に根ざした人と人のリレーションとそれを交差させる生活のなかに位置づけられるとき、どのようなエコーを発するのかが新たな興趣を沸き立たせるのである。

そのような思い入れは、この詩史の実証性の深さに対するさらなる問いかけよりも、関心の場をより広げようとする意欲につながっていく。そこに岐阜という地方を二分した飛騨という風土に根ざす詩心の特質があるとすれば、それは何であるのか。

その点における、詩心の発掘されるべき方位と場は、すでに西村宏一の詩史の取り組みの基点のひとつとして、「編集後記」の中でこのように明記されている。

《巷に宣伝される観光飛騨は決して今日我々の文化ではなく、ここに提示されるものこそが、たとえいかに拙劣であろうと、今日の飛騨文化の一端であり、詩についてはおよその全貌であることを認める……。》

このような断言のもとに、この詩史に盛られた詩活動こそが飛騨固有の文化の鋭角を担うものであると規定しようとする。そのような観点に立って、彼は次のようにも述べている。

《これに触発されて、他の分野でも同様な試みがなされれば、我々の文化の実態は明らかになり、我々が今後追求せねばならないものの総体が明瞭になるはずである。》

このような提言が示唆するのはほかでもない、この詩史の観点を踏まえての、飛騨文化を形成する各ジャンルの歴史的時間の系統的展開の書が編まれたとき、それは飛騨文化の総体を明確にすることにもなるということである。

このことばを裏返せば、彼は飛騨文化における、伝統と保守の意識を上回る詩活動による表現のありようが、新たな文化の視点を設定することになると思ったのである。それが新しい文化の位相を生み出すという期待感を表明する意欲ともなる。

そういう意味で、彼がこの詩史を通して飛騨文化の特質を含めて問いかけようとする姿勢は、飛騨人の詩活動の場と内容において、飛騨文化へのかなりの共感と批評性を持つことにつながるといえよう。

彼はそのような提言をより具体的に、より普遍的な価値追求の場へ集約していく。そのためにも、詩活動のより広範な紹介を通してさらにそれを下垂していこうとする。ひと言で言えば足元を確実に検証して読み手にそれぞれ推考の場を用意しようとしている。

読み手にとって、このような観点による詩史作成の事情を類推するとき、そこにまた別の課題や内容を発見させせられるのも一興である。その点を考慮しながら、この貴重な詩史の持つ意味を問い返していきたい。なお引用する詩は全てこの詩史より取り出したものである事を付記しておく。

さて飛騨人の詩活動を紹介するのに西村は徹底して和仁市太郎と『山脈詩派』の昭和八年からの活動を詳述している。そこには昭和を起点とする飛騨詩活動の歴史的出発を暗示させるような思い入れさえみられた。そうでありながら、彼らの活動の出発の主旨を次のように集約している。

《特に創刊号らしい旗上げの声明はない。和仁の言う「私達はお互いに詩の修行者、真面目なる人生の探求者としてこの道に携わることは幸福である」との意識を共有した青年達が同志的結合で集って創刊に至ったとみてよかろう。》

このような活動のプロセスを紹介しながら、同時に時代との照合を図るなかで、その活動をかなり辛辣にとらえている。

《作品はその陰を映していない。また当時詩壇に有勢であった「詩と詩論」を旗頭とするモダニズム、「四季派」に代表される古典的リリシズムとも縁薄く、むしろ大正期の民衆詩派風であったり、感傷的・観念的な象徴詩派の亜流であった。》

このように『山脈詩派』の活動は、刊行当初その影響をこの地方に拡大しながらも、その活動の総体としての評価は、かなり低次な基準に抑えられていったといえよう。

しかし、この詩史に抽出された作品には、それだけでは律しきれない内容をはらんでいるものもある。

ゆり

吉田　春美

町が焼けてから

ふるさとを持たない多くの女達が
鉱山《やま》の鉱石のやうに
はうばうへ売られていった
――それは何度目かの
　　　いたいたしいすだち――
内気でやさしい十七むすめのゆりが
私の所へ訪ねてきたのは
あしたあの妓《をんな》も
とう〔ママ〕い伏木の港へ売られていく夜だった

秋空《そら》には
ぼやけた銀河が懸《あ》るのに
仮小屋《バラック》のこぼれ灯が
ゆりの瞳《め》のやうにをどをどしてゐた

焼け残った黒塀のかげで
さめざめと泣くあいつを

私はどうしていいかさへ判らないで
だまって細肩《かた》をだいてやったら
あほな
もう一ぺん船津《ここ》へ来るんだと
なんどもなんども言ったっけ

きなくさい焦土の匂ひと
いっしょにゆりが去《い》ってから
私はとうい伏木の港から
もう帰って来ないゆりを想ひ出す

（6号）

この詩のモチーフは、ふるさとを持たない女たちが方々へ売られていく事実と、それを聞く男のやるせない心情を取り出している。この詩の表現形式はいささか稚拙さが目立つが、とらえようとする問題の切実さにおいて深く訴求してくるものがある。

それはほかでもない。先ほど西村が指摘していたように、この時期の作品群は、時代の陰の部分を映していない。しかしまさしく「ゆり」のような作品には、その時代の陰の部分が色濃くにじみ出ている。

ここに詩的課題として問われる人間の売る売られるという不条理と十五年戦争との関係性を表裏一体のフィルターを通して見る必要がある。そのなかでの〈陰〉の意味をとらえて、それを当時の『山脈詩派』の活動に逆照射して凝視した場合、そこには別の評価基準が生まれてくるといえるかもしれない。

当時の活動の総体としては、ひ弱な現実批評の場と詩表現のありようしか持ち得なかった。実はその詩活動の場を設立することにおいて、それは部分としてではあるが、ひとつの批評の芽生えを持ちはじめたといえる。

昭和八年頃より出発した『山脈詩派』の詩活動について、日本現代詩史との対比のなかで西村はその位置を確認しようとしている。『詩と詩論』のモダニズムや『四季』のリリシズムの傾向に彩られた詩の潮流との比較のなかで、飛騨の詩活動の総体が『山脈詩派』を軸として、どのような詩的発展の場を拡大することができるかという可能性を測定しようとしたともいえよう。

しかしその結果は、無残にも当地方の詩活動は、《感傷的、観念的な象徴詩派の亜流であった。》という結語でしめくくらねばならぬことになった。このような感慨の落差を西村が抱かねばならなかったのはなぜだろうか。

それはほかならぬ彼のこの詩史作成にあたっての意気込みが、少なくともより正確な認識による時代と作品の関係性の一致を求めようとする願望に連動していったからであろう。ある意味では、彼の飛騨に対する愛郷心が強く作用したのかもしれない。

なぜならば、年代ごとに刊行される作品集から抽出引用される詩が、表現の単調さは別として、それなりの課題性をはらんでいるからである。先ほどの「ゆり」の詩のように生の条理への問いかけの深さから見れば、現代においても充分検証されねばならぬ意味を内包している。

それにしても、このような詩を『山脈詩派』の作品集から抽出したのは西村なのである。彼の求める詩観の高さに飛騨の詩活動の歴史性を絶えず引きずり上げて観照したいという願いがそこには見いだされる。

西村は萌芽期のこの地における詩活動のありようを感傷的観念的と叱り飛ばしながら、一方でこんなにも懸命に生のありように取り組む詩作品もあるのだという呼びかけの尺度のエコーを同時に発して、この詩史の場と意味を定めようとする。西村はより客観的に飛騨の詩活動をとらえようとしながら、一方で、この地の風土に生きてきた素朴な詩的願望を重ね合わせようとしている。

この詩史を通して、あらためて感受させられるのは、『山脈詩派』の和仁市太郎らの活動である。特に和仁の言う〈詩の修行者〉として《この道に携わることの幸福》ということばは、ある種のアナクロニズムを感じさせる。

しかしこのようなことばが、飛騨の山峡の地から詩のエコーとして発信された事実を知るとき、全く別の理解をしたくなる。本来詩とは何かと問われれば、種々の定義を適用することができるのだが、このような和仁の詩に対する求道姿勢は、山峡飛騨の地であればこそ生まれたという特別な尺度を用意することが必要であろう。

当地方に多大な影響を与えた『山脈詩派』の活動の継続を促したのも、和仁のこのような詩への対峙の意欲があったればこそ成立したともいえるのである。

この詩史はこの点について、実にこまやかな配慮をしながらその盛衰のプロセスを書き記している。そんな只中で和仁の作品を取り出してみるとある種の意外性に気づくことになる。

諦　念

和仁市太郎

姿見の中で髪をあげている妻の顔は白く笑ってゐる
外には雪解けの滴がトタン板を叩いて居り
窓にかけられたおむつを旭日が透して
畳には縞の模様が画かれる

若い身空を貧しさの中に何もかもあきらめて
うづら豆でも買って来て煮ませうといふ
妻の言葉にも今は寂しさはない

食べきれないだらうと近所の人が言った
大きい桶につけた漬物も
もう食べつくしたことを私は知ってゐる。
（13号）

かつて和仁は、自らの詩的出発にあたって《真面目なる人生の探究者としてこの道に携わることは幸福である》と述べていた。しかしそれが、このような詩を書くことにおいて、どのような意味を見いだそうとしたのであろうか。

少なくとも〈幸福〉を〈諦念〉に変える理由があるとすれば、それは何であろうか。ここでは、《若い身空を貧しさの中に何もかもあきらめて》の一行にこめられた妻への感慨が〈諦念〉というテーマに通じていく思い入れとなっている。

そのような日常の風景を乗り越えてさらにこのような意識を倍加させていくものがあるとすれば、それは何であろうか。西村宏一は、その点について次のような手がかりを提示している。すなわち《そのあと『山脈詩派』は四年の長きに亘って休刊する。》という事実を挙げ《日支事変勃発に続く挙国一致体制強化が「詩どころではない」と思わせた》という当時の歴史的状況に、その理由を求めたのである。

このような時代の流れの中で、詩表現の場は、次々と廃刊を余儀なくされていく。同時に和仁自身も次第に追い詰められていく。そのような状況のなかで、彼自身の詩心の発露の場が失われていく実感が〈諦念〉という感慨に結びついていったのではないのだろうか。このような感慨は、『山脈詩派』の出発以来彼は何回も味わってきた。戦局の緊迫度の高まるなかで、用紙不足や同人の離合集散、資金不足などの事態にも襲われる。

西村はそのような事態に対応する和仁について次のように述べている。《ともあれ昭和16年11月の20号の刊行によって、『山脈詩派』は第三期を迎える。この号は和仁の作品六編のみで成っている。》このような事態の曲折のなかで、数年のちには、またもや休刊を余儀なくされる。そうでありながら、なお新たな活動を図ろうとしていくのである。

西村宏一は飛騨戦後詩前史を飾るものとしてこの営為を次のようなことばで結語している。

《昭和8年から10年に及ぶ爆発的ともいえる活動のあと、諸同人の大半が筆を折ったり、小説や短歌へ転向していき、和仁市太郎一人がこの十年の運動を支えている。恐らく本人の意の如くでない雑誌のあり方のうらで、身を屈しつつ而も結局は一筋の道を貫いた

和仁の執念は愴絶である。戦後いち早く飛驒に詩の復活を見たのもまたこの和仁の生き方に関わっている。》

飛驒の詩活動の基盤作りが、このような苦闘のプロセスを経て成立したことを知るとき、新たな感慨を覚える。特にここに引用した一文を飛驒に生き、当地に果てた西村宏一が記したものであるとすれば、その想いはさらに別の感慨をもたらすのである。

彼はこの詩史のはじめに、この地方の詩的活動のありようは、当時の詩壇における『詩と詩論』のモダニズム、『四季派』のリリシズムとも縁薄く、感傷的、観念的で象徴詩派の亜流であると酷評した。

西村にしてみれば、谷川俊太郎や茨木のり子らの詩活動に関心を持ちながら、かつ山峡の飛驒に転住して生活する身となれば、必然的に都市的前衛性を感受し得ない詩的風土を体感することになる。

そこで未来性を感じさせない詩的状況が泥臭いアナクロニズムの泡を噴き上げているのを体感する。しかしその渦中に無垢の詩精神が生の条理のことばを求めて彷徨していることに気づくにはまだかなりの時間がかかった。

彼は、当地の詩活動に参加し同時にその活動の底流をたどりながら、この飛驒という風土の持つ詩心のありどころを確認しようとした。しかしその只中において、アナクロニズムに満ちた詩的表現の様態と思われるものが、実はひとつの文化性を持つ伝統ということばに支えられた様式であるということに気づかされていく。

突き詰めればそれは、温故知新ということばに概括されるような心情であったかもしれない。彼は、戦後の復刊時の『山脈詩派』の動きをとらえて次のような厳しい批評の目を向けている。《しかし、翌（昭和）22年に創刊された『荒地』の詩人たちの自己確立、問題提起の激しさはここにはなく（略）その再出発には戦時体験への痛切な分析、反省が欠落している。》

このような激しい内奥のエコーを西村は転住してきた飛騨の風土めがけて投げつける。彼の抱く詩状況への展望と意欲はそう簡単に充足されていくものと思われない現実に向かい合うことになる。そこに生ずるギャップを彼は口に出さなかったかもしれないが、客観的に考えれば、そのような内心の落差はひとつの失意を伴いながら拡大していったといえよう。

そういう意味で、一人のインテリゲンチュアとして洗練された現代詩への方位と手法を飛騨の地に位置づけようとしたとき、そこより生ずる跳ね返りの辛酸を浴びねばならぬことになる。平たく言えば、高い観念に息づく詩のことばと温和な山間に根づく風景に芽ばえた詩心との相克はそこより生じた自己格闘の痛みをより増大させていったと思われる。

そのようなギャップを乗り越えるためにも、彼は飛騨の詩状況をより理解し、その場を踏まえて、飛騨にあるべき詩の磁場は、どのような方位を持つべきなのかをまさぐり続けた。そういう意味で、彼がこの飛騨詩にかかわる膨大な資料を分析しながら編さんした『飛騨戦後詩史』は格別の意味がこめられていた。彼にとっては、戦後の飛騨という風土に横たわる詩の通念をさらに乗り越え、新たな自己確立と問題提起の場づくりをめざす必要があった。先ほども述べたように、自らの浴びる内なる辛酸は真っ向から受けて立たねばならぬことになる。

そのことは皮肉にも、自らが批判した『山脈詩派』の守旧的と思われる詩活動のありようにもより深い理解を示さねばならぬことになってくる。内容はともかく、休刊に追いこまれても復刊し、つぶされても、また立ち上がろうとする和仁市太郎の飽くなき取り組みの実践姿勢に深い共鳴を覚えた。

ただしその共鳴はめざす詩心の自己確立と問題提起のありようを譲るものではない。和仁が自らの生の時間をかけてしゃにむに詩を歌い続けようとする意欲と場づくりのありように対してのものである。ことばを変えれば、飛騨という都会の疾走感覚からはほど遠い風土の中で、とにかく詩を歌う場を失いたくないという一途な願いとそれを具現化しようとする和仁の自負について共鳴したのである。

そのような場を守旧的な風土のなかで、造り出し、それを連続して維持していこうとすれば、かなり現実的な妥協をしていかねばならぬこともある。例えば同人数を維持しようとすれば、守旧派であろうと前衛派であろうと加入を許し、同時に資金の都合については時代の流れに迎合していった面もあったようである。

いずれにしても、敗戦後打ちのめされた心情の漂う飛騨の地に不死鳥のように『山脈詩派』の灯を和仁はともしたのである。彼にとっては、飛騨と詩の風土とは不離一体のものである。だからこそこの地において詩は書かれねばならないのだという和仁の詩人としての執念が、このような詩的な場づくりへの再出発を促したのであろう。

ここにおいて西村は和仁の再出発に対して畏怖の念を覚えることになる。彼は、自らが飛騨の地に転住して、この地における新たな詩状況を求めるなかで、詩における自己確立を通して問題提起を図るという願いも、もっと自らの足下を凝視することから始まるということを認識するからである。

そのような認識からすれば、和仁の詩的活動もまた西村のめざす詩の方位との差こそあれ、詩心の灯を求める願いは同一である。そのような詩的活動への視点を共有したとき、彼は和仁の活動に対してどのようなことばを発したのであろうか。そのことばを再度ここに記して、西村自身が願う自らの実践姿勢のありようをそこに重ね合わせようとする想いを再確認しておきたい。

《恐らく本人の意の如くでない雑誌のあり方のうらで、身を屈しつつ而も結局は一筋の道を貫いた和仁の執念は愴絶である。戦後いち早く飛騨に詩の復活を見たのもまたこの和仁の生き方に関わってくる。》

西村がこの『飛騨戦後詩史』を編むなかで、その足跡をたどりながら得ていくこのような感慨は、改めて自らの詩心の方位への共通項をそこに見い出していくことになる。それだけに、理念への性急なアプローチをめざして、かえって観念的な詩的状況を求めるということに、さらなる自己検証を図る必要があるということを実感してきたといえる。

この『飛騨戦後詩史』を編さんしようとする営為自体が、現実を下垂して、飛騨の詩状況の歴史的成立の過程を確認する歩みとなっている。それだけに、和仁市太郎の詩活動を凡庸な感傷的ドグマによる営為とはとらえたくなかった。すなわち、和仁の表現内容への批判よりも彼が産み出し継続させようとした詩の磁場づくりへの努力を再認識して評価することになった。

その結果として、西村は和仁の活動に対して《和仁の執念は愴絶である》と称賛することになる。ただしこのような評価は単なるセンチメンタルな感情性から発せられるものではなかった。彼はこの詩史編さんを通して、発行雑誌の年次や同人を明記してその歴史性を問いかけている。

それと同時に何としても忘れてならないのは、これらの各誌を代表する作品を抽出して提示しながら、実は西村自身が願う詩的方位を突出させるような詩表現の形式と内容を読み手に理解させ意識づけようとしていることである。たとえ片々とした観想詩であっても、そこに自己確立への問題提起があれば、ただちに取り上げている。

その点、たとえ時代的にはそれなりの有名人の詩作品であっても、西村の詩の理念と相容れない作品であれば、容赦なく無視していったようである。そういう意味では、この『飛騨戦後詩史』にみられる詩のあるべき理念とその方位については、彼は明確な基準を示してきたといえよう。

この詩史を通しての飛騨詩の歩みと、それのあるべき方位を求めたければ、この詩史に抽出され集成された作品群を見れば、より具体的にこの詩史の求めようとした詩相の位置を理解することができる。それをさらに具体的にとらえるという意味から、飛騨の風土を〈ふるさと〉として取り上げた作品を眺望してみよう。ちなみに、戦後昭和二十一年復刊『山脈詩派』27に寄せられた作品に次のような詩がある。

田園春興　（2）

福田　夕咲

城山の姥がふところ
大わだに　うねれる路を
児等をゐてゆくらゆくらに
ゆきゆけば、木の芽、草の芽

ほのぼのと、光るなりけり
かそけくも、香るなりけり
うららかや、姥がふところ
里つぐみ、ほがらかに鳴きて

（27号）

このように自然朗詠にあふれる詩のことばの美学へのリズムは以後『飛騨作家』18号（昭和46年刊）において、どのような故郷の風土に対するエコーに変容していくのであろうか。

ふるさと

林　格男

ふるさとの記憶のかなしいあかしとして
わたしはふるさとの詩をうたわない

古生層の山々の紅の美しい
渓谷に沿ってバスが走る

だが
わたしはふるさとの詩をうたわない
ぬすっとのように腰をかがめて
飢えた土にかじりついて生きてきた父祖たちの
重くかなしい記憶
焼き畑の性《ママ》殖がふるさとに
手に指のない嬰児を生ませ

ふるさとの女たちが
土に埋もれて死んでいった
ふるさとの男たちが
雪に凍えて死んでいった

〈それを人に誇っていいのか〉
〈それを人に売っていいのか〉

はたはたと黍の葉の鳴る音に

霜にうたれたそばがらの朽ちた色に
木枯しの冬がきて

心のくらい日にも
とろとろ燃える榾火を囲んで
田舎唄を長々と
しかも号泣するように
しかもあかるんで唄った記憶
わたしはふるさとの詩をうたわない
ふるさとの記憶のかなしいあかしとして

わたしはふるさとの詩をうたうことはできない
（18号）

ここには、飛騨の風土に対してまさに条理を真っ向から問いかけようとする思い入れが強く感受される。このような詩相の方位について西村の「編者後記」をもう一度照合させてみることにしよう。

《巻に宣伝される観光飛騨は決して今日我々の文化ではなく、ここに提示されるものこそが、たとえいかに拙劣であろうと、今日の飛騨文化の一端であり、詩についてはおよそその全貌であることを認めることが第三の目的である。これに触発されて他の分野でも同様な試みがなされれば、我々の文化の実態は明らかになり、我々が今後追求せねばならないものの総体が明瞭になるはずである。》

このような断言を踏まえて、新たな飛騨の詩風土の広がりを求めようとした西村宏一の願いは、この『飛騨戦後詩史』を通して、これからも飛騨の風土に根ざす奔念のエコーを発していくことになる。生の条理とは何かの問いかけにまで深めていく場の広がりを願っているといえよう。

赤座憲久ノート・詩集『瞳のない顔』を通して

未明への歩みの彼方に

詩集『瞳のない顔』は次のような詩から始まる。

山あいの道で

半日がかりで峠を越えた部落に
小さな学校があり、

（略）

そんな山の中の部落の道で
通りがかりの人に
おれはいんぎんにものをたずねる。

「あのう
ちょっとお尋ねしますが
この村に目の見えん子はいませんか。」
「へえ、目？目の見えん子？
メクラの子かえ？」
「はあ。」
要領のわるい質問が
とりとめのない会話となり
相手はおれの目をぎょろぎょろみながら
おれの素性を問いただす。

（略）

『瞳のない顔』不動工房
一九六一年（昭和三十六年）発行

彼は盲学校の教師となり盲目の子どもと取り組むなかでこのような詩を書き始める。そのなかで、盲目の子と自分との位置を確かめながら、これを取り巻く現実と人間のありようを凝視し、その思い入れを次の一行につなごうとする。

おれは人間が目をみひらいても
見ることができなかった遠いむかしからのいろんな事や
遠いか遠くないかわからないが
人間の歴史のゆくすえの
さまざまな事物を
気にもせず生きていられるかなしさを
いっそのこと
盲目の子の
眼窠にふかく押しこんでしまいたくなる

（略）

『瞳のない顔』不動工房

性急なまでに、このような思い入れを現実の状況と人間に向けて放ち、この子が背負った盲目の運命とその運命を与えたものとの関係性を直視しようとする。

白濁した瞳

育ちざかりをうちすてられていて
栄養失調・失明・精神薄弱などと
一人のこどもが最も悪い数々の条件を
ごっそり受け入れてしまった。

放蕩のあげく父親は家出。
母はそのために発狂。
村役場の人や民生委員という肩書きを持つ人たちに
盲学校へつれられてきたその子は

（略）

愛されるということを忘れてしまうと
口をきくことが億劫になるのか。

白濁した瞳の
無意味にみえる笑いが
口をとんがらせて
こわれやすい世の中のしくみに
ため息ではない深い呼吸を投げかける

『瞳のない顔』不動工房

この子どもの運命を決定づけていくのは両親なのだが、その親もこの事実に対して責任を取らないし、それも取れない状態にある。そのような状態に置かれた子どもは、ここでは愛されるということを忘れた存在となり無意味な笑いだけでその存在を示そうとする。このような姿を目前にするなかで、彼は子どもの深い呼吸を感じるばかりである。

そこには見ることを感受する一切の能力を奪われた盲目の子の存在がある。この存在を宿命としてとらえることにとどまろうとするのか。このような課題に対して彼は新たな可能性を求めようとする。

閉じきった瞼の奥に

うまれながら光を知らないミチオは
閉じきった瞼の奥に波をえがいた。
流れていた。
揺れていた。
さまざまな波の音のなかに、
白い杖一本を頼りにして
歩かねばならない道のりを思った。

『瞳のない顔』不動工房

彼はまずこの盲目の子の存在の内側に入りこみ、その子と運命の共同性を確認しようとする。白い杖一本を頼りにして生きるという姿のなかへ自らを入りこませることによって、その子どもの内視する風景を描こうとする。

閉じきった瞼の奥に風をえがくこともできた。
まんまるな風、

細長い風、
かどばった風、
風はミチオにとって
いたいけない玩具であった。

閉じきった瞼の奥にえがいた雲は
空のまん中のかたまり。
——決して動かなかった。
雨の日には雨にぬれ
嵐の夜には懸命に堪えていた。
それはミチオの中にある何かに似ていたし、
ミチオはその雲に呼びかけることをたのしんだ。

『瞳のない顔』不動工房

彼はこの詩を書くなかで、このミチオの内視の世界へ自らの外視の風景から感受したものを送りこもうとする。ミチオのなかにそれを再生させることによって、盲目の子の生きる可能性を見いだそうとする。教師としての取り組みのありようを積極的に求めたい意欲と、このような運命性を担った子どもに対して生きる可能性を求めたいという願望が交じり合うなかで、ひとつのメルヘン的な世界をつくり出そうと試みるわけである。そこに彼の詩人としてこのような課題に取り組もうとする特質を見いだすことができる。

水辺

太古のほそいあかるみに
視神経をぬきとられてしまった少女達は、
つれだって流れの岸にたち
一人がつぶやくようにうたいはじめる。

（略）

歌声は
水にのり
水にくぐり、
水の流れのはばを持ち、

こまかな光を水面にきざみ、

（略）

太古のほそいあかるみにぬきとられた筈の視神経は、
いつの間にか流れをくぐりぬけ
はるかな未来へと押しだされる。

少女達は
口々にまぶしいと叫び。

『瞳のない顔』不動工房

ここでは、視界を奪われた盲目の子どもとしての存在はない。彼らは、立ち止まったままの存在ではなく、積極的に周囲の風景を感受して行動しようとする存在として描かれる。このような営為は見方によれば多分に感傷的でかつ観念性をはらんだ形式的ヒューマンリレーションを求めたものに過ぎないとして片づけられるかもしれない。

しかしこのようなかたちで、日常を内閉しがちな存在として生きねばならぬ運命を背負ったいのちに対して、絶えずその場を外に押し広げようとして苦闘するこの詩人の教育者としての営為を見逃すわけにはいかない。ここに描かれる子どもの生きようとする世界は、外界に向けて自閉する存在としてではなく自ら生きる楽しさを求めるものとして広げられようとしている。

波紋

盲目の子らは河原が好きです。
うしなった瞳でもさがすように
石ころだらけの河原を歩き廻り、
瞳のない顔を
はばひろい流れにむけてたつ。

そして足もとの石ころをひろい、
流れに向かって投げる。
思いっきり投げる。

石ころはそれぞれの音をたて、
流れていく波紋は
その子らの耳から押しひろがるのです。
ひろがりながら海におくりこまれ、
世界中の海のすみずみまでひろがっていくのです。

『瞳のない顔』不動工房

目の見えない子らが、河原から川に向かって石を投げる。投げた瞬間、川に落ちた石の水音の響きに、自らの活動している一瞬を確かめようとしている。この詩人はその一瞬をとらえながら、その子らの石を投げる行為を《海のすみずみまでひろがっていく》波紋としてとらえ、位置づけようとする。

そこには、子ども自身の感受したものを乗り越えて、彼自身の求める子どもの生きる可能性を確かめようとする願いがこめられている。石ころひとつが投げられた水の響きを〈世界〉への〈ひろがり〉と大仰なまでに拡大しようとするのである。現実に圧倒されがちな、瞳のない子らへの存在の希望性と明るさを彼自身が実感しようとしているようでもある。突き詰めれば、彼はそこより悲鳴にも似た思い入れで、この子らの生きる世界への共感を求めていこうとするのである。

道を歩く

盲学校の遠足。
うまれながらに何も見ることのできないミチオは、
先生に手をひかれて歩いた。

（略）

人通りや車の音や、
水の流れや、
風の動きや、
ミチオは自分で様々な場面の中に自分を置いた。

（略）

それらの多くはミチオの感じたものとにずれがあり、
何かしら自分自身の感ずるものの方が本物のような気がした。

ミチオはそのずれた部分を歩き続けた。

盲目だからではなく、
人間の歩く道がそういうものであるかのように。

『瞳のない顔』不動工房

ここでは現実の世界と盲目の子どもの味わうかかわり方の相違を、事象への感触の違いを通して、具体的に呈示している。そして《人間の歩く道がそういうものであるかのように》と結語している。

ここには、現実を生きる存在というものが絶えず競合の世界にさらされるものであり、それゆえに、盲目の子は弱者の位置に身を置かねばならないという意味合いもこめられているといえよう。さらには、ここで盲目の子らの位置と宿命性を暗示しているばかりでなく、人間自体の存在と宿命の関係性にすらその思い入れを広げようとしている。それは人間の背負うべき原罪とは何かという点にまで感受の場を広げていくことになる。

悲鳴

少年のあどけない顔のまん中にある二つの眼が、
みひらいたまま視力を失った。
その父、もと下士官の彼は
十五度に上半身を曲げて言った。
「つまりですなあ。ジブンは野戦へ行っていたから
汚い女にも接しました。
ジブンがわるかったのです。」

戦争の思いがけない毒は
幼い世代へ持ちこまれていた。
なまなましい戦後がそこにあった。
「ジブンがわるかったのです。」
ではどうしようっていうのだ。
おれはふるえる怒りをおさえて
表情のない顔を向けている少年の顔を撫でた。

（略）

みひらいたまま見ることのできない少年の眼に、
いやだ、
悲鳴だけがたしかにうつっている。

『瞳のない顔』不動工房

〈悲鳴〉はどこへ向けて発せられるのか、また誰に向かって届かせようとするのか。彼はその悲鳴のありどころを手繰り寄せ、それを盲目のいのちを授けた者と授けられた者との関係性のなかで確かめようとする。しかしそこでは、《ジブンがわるかった》という父親のことばによって、悲鳴の追求は遮断されてしまう。

そのやり場のない怒りは、そのような父親を生み出した戦争という時代へ振り向けられていく。しかしそれも、人間が作り出した欲望の相克の場より生じたものであることを認知するとき、そこにはどうしようもない《おれはふるえる怒りをおさえて／少年の顔を撫でる》より仕方のない自分の姿を見いだす結果になる。そこで彼はついに神を求める。

その時イエスは

「その子の罪でもなければ親の罪でもない。
ただ神さまのミワザが
その子にあらわれるためだ。」
と答えなされた。

このような答のなかに、ひとつの結語を見いだそうとするのだが、再び怒りは噴出する。

だがもと下士官はどうなのか
そのとき人の子の親ではなかった。
強姦かっぱらい放火という野戦の常識が
多くの弱い人間に悲鳴をあげさせた。

人間の原罪という結語に悲鳴を収れんさせようとしながらも、それはなぜなのかという問いかけの逡巡は、さらなる悲鳴の増幅の場を拡大していくことになる。

或交歓会

強盗、殺人、放火、といった罪名からぬけだした男たちが、
小さなおずおずとした訪問客に拍手を送った。
その音は、
物語の中からはじきでたように
光を受けつけない子どもたちの瞼にひびいた。

（略）

彼らがシャバとの大きな断層をうずめ得たものは、
一万ページあまりもの点字に訳した童話と、
獄屋の厚い壁にはまりこんだ数しれない点筆の音だった。

（略）

男たちは点字を打ち続けた。

目の見えない子どもだけにしか読まれない文字だが、
高い刑塀の外で
たしかに受けとめてくれる場があることを、
せめて自らが生きているあかしとする彼ら。

（略）

世間と断絶された眼と、
光をさぐる指先とが、
えもいわれぬ情景をつくりながらかわす人間らしい笑顔。

『瞳のない顔』不動工房

さきほどの「悲鳴」の詩より発せられた人間と原罪の関係性を問いかけるどろどろとした自問の痛みの極点を辛うじて避けながら別の角度から人間の生きる意味について考えようとする。すなわち、盲目の運命を背負った子どもと罪を犯して服役する人間との交流を通して、生きる希望とそれを広げていく可能性の場を模索するのである。
その結果として、このような交歓会の風景のなかに《かわされる人間らしい笑顔》を発見することによって、新たな人間への信頼と生きる理由を見いだすことになる。この『瞳のない顔』の詩集にこめられた内容はいずれも人間の負を問う問題提起から始まるだけに、その課題はいささかも現在性を失うことなく生きる理由と存在の意味を問いかけているといえよう。

赤座はこの詩集を編むにあたって、あとがきで次のように述べている。

《この詩集に収めてある作品が、盲学校教師としての、この八年間の所産であることは言うまでもありません。盲児の問題は、あまりにも忘れられ過ぎており、すべて、特殊教育という変な言葉で一括して、行き届かない面が黙認されようとしている現状です。》

山田賢二ノート・詩集『耳殻都市』を通して

連鎖する事象への詩的喚声の方位

詩集『耳殻都市』のあとがきで、自らの詩について山田賢二は次のように述べている。

《私の詩には少なくとも表面的には生活的匂いが全くないので、いわゆることばの遊戯に終わった感がしないでもないが、もとよりそれは私のモチーフの一つでもある。しかし私自身はこれら幾つかの雑然たる玩具都市の集積を、ガリバーのような気持で眺めてみたとき、卒然と一種の悲歌に襲われた。》

このような視点で感慨を踏まえるなかで、書かれた詩を読み直したとき、そこにはまた別の位相を感受することになる。また、自らの詩を書く位置についても、それなりの観点を用意している。すなわち、歌人春日井建にあてた手紙のなかで次のように述べている。

《本来、短歌、俳句、詩には国境があるわけではないので、美意識に対するサイレン

ト と油のある限り、果てしなく延々と続くものであることを悟りました。》

このような構えを通して描かれた詩編には、どのようなかたちで、モチーフの取り出しとそれへの取り組みが図られていったのであろうか。

夜の時刻

蝋燭の火のまわりを歩き廻る僧侶の呟きが聞える。
陰惨な風は舌を垂れた熱帯植物の林をぬけ、
暗澹の部落を過ぎ、深夜の空に燦乱と散らばった、
禿鷹の群を押し囲む。
無数の羽蟻たちの、おごそかな地底への下降。
拉薩《らっさ》の都では、王の葬儀の列のみ轢轆と地を鳴らす。

『耳殻都市』詩宴社
一九六六年(昭和四十一年)発行

ここには一過する風景を通して、生とそれの赴くべき宿命の行方を確認しようとする視座がみられる。それはまた無数の羽蟻と王の葬儀との関連のなかで具体的にとらえられようとする。

そこでは生を支配するものとされるものとの関係を暗示しながら、相克するシルエットを浮上させようとする。しかしその結語を求めるとき、風景は一過する前にどろどろとした溶岩に彩られて炎上する場面となる。その危うい一刻を変わり身の速さですり抜けながら次の風景への転移を求めていく。なぜならそこには失意への予見だけが垣間見られるからである。

「朱雀門」においては、それが色濃くにじみ出てくる。

（略）

くずれた土塀の朱雀路。
連なり、からむ、裸足の群。
檳榔毛車《びろうげ》は軋り、
生命は華奢なる愁いに軋り、老婆は歩く。

光に盲い、かげらいにくるめき、
物売る市女《いちめ》の唇に青褪め散る、
老いたる花瓣。

（略）

『耳殻都市』詩宴社

ここに取り出されていく事象は、いずれも生命の息吹を伝えようとするのではなく無言を強いられるシルエットの描写に終始しようとしている。〈夜の時刻〉よりも、さらに一刻への失意は無常の観相を強めていく。

通過する風景は絶えず争乱と収奪の中に呪訴のエコーを発しながら、くすんだ色に彩られて移動を重ねていく。そこにとらえられている人間たちの営為は歴史の時間のなかへ埋没していく存在としてしか映し出されてこないのである。しかし彼は、その風景に自らの観相を重ね合わせて立ち止まろうとはしない。

回想する時間に充満する記憶を手繰りながら、そこに浮上する歴史の場面を傍観する自分の位置を発見しようとするからだ。一方においてはそのような自らの思い入れをやるせないボヘミアンとして凝視しようとする。詰まるところ、そこに新たな失意を発見していくことになる。

そうでありながら、その失意をもたらす本来性は何かという決定的理由にまでは立ち入ろうとはしない。なぜならそこに立ち入ることの危うさを充分に承知しているからだ。そしてそこに生ずるあやふやな自意識へのエコーだけは発していこうとする。

多肉植物をめぐる様々な想念

宗教戦争の終った後の街は、
痛烈な緑色の棘で覆われた廃園に似ている。

（略）

ゴムの林の中で拾った鉄の記憶。
沛然と降りきたる戦慄の雨。
それは忘れもしない、黄色い兵士達の肺腑をえぐる最後の
響きである。

壜の中における鸚鵡との対話。
白い透明な孤独が欲しい。
白い透明な孤独が欲しい。
私は今もパナマ帽を冠った仙人掌の如き肖像画を愛している。

『耳殻都市』詩宴社

彼にとっての詩のモチーフの取り出しは、現在の場からのものはほとんどない。それよりも中国大陸から中近東へ向けての歴史の方位を求めながら、詩心の展開をはかろうとする。それだけに、彼の言う《私の詩には、少なくとも表面的には生活的匂いが全くない》というのも事象に対する機能的理解からすれば当然といえよう。

彼がめくりあげていく歴史の風景は、まさしくその歴史を積み上げている生活の累積を縦断しながら寸見しているわけで、そこより取り出されてくるものは、人間の生の営為の波動よりもさらに機能的に処理される生活の歴史への直視であったといえるであろう。

ただ、その直視しようとする場に、人間の生の営為そのものが有するエゴの一面を発見するたびに、逆に直視することのいたたまれなさを感受してしまうむなしさからの回避を求めようとしたことが考えられる。もしそこへの自己没入をあえてはかっていくとすれば、彼らの生の営為のなかに渦巻くエゴへの同調の一面を発見してしまうことになるからである。

そのような同調への危うさを直感したとき、彼は素早く眺望する場の転換をはかろうとする。新たな風景のなかに、内視の位置を求めようとするのである。その時、歴史の時間のなかに生み出された文化という風景のうちにこめられた人間の支配と被支配の関係性のもたらす怪奇さに深い戦慄と失意を感受したともいえよう。

このような意識の回路を経て、噴き上がってくる思い入れは何であったのだろうか。少なくとも、この意識の喘ぎを収れんさせることばとして、先ほどの詩の終連にある次のような発語が考えられる。

白い透明な孤独が欲しい。
白い透明な孤独が欲しい。

このような喘ぎのことばが吐き出されたとき、そこには歴史と人間の生の営為の相関性よりにじみ出るある種の失意から脱出したいという願望が噴出してくる。そのような自意識が高まるほどに、それは別の自意識の覚醒をもたらすことになる。歴史の上に築かれた文化の裏側にのたうつ人間の欲望のエゴを発見することにより、それを捨て去った唯美の世界は存在しないものかという願望である。

しかしそのような意欲は、現実には当然充足されるはずもないのである。けれども、彼にとっての詩的展開をはかる場を求めるにあたっては、当然不可欠なエレメントとなるのである。いずれにしても、そのような自己矛盾を抱えこんだまま自己の詩的展開をはかろうとする。そうして、そのなかで新たな場のモチーフを探し続けていく。

そのような営為について、彼自身あとがきで《いわゆる言葉の遊戯に終った感がしないでもない》と述べているが、彼の実感から生じたことばであるといえよう。けれどもそれもまた、戯態の表示からのギャグと受け止めることもできよう。

いずれにしても、彼が取り出すモチーフが中国大陸から中近東へ、さらにはヨーロッパへと広がるなかで、その風景を点としてとらえながら、そこにこめられた人間の文化と生への欲望の衝突を垣間見ようとする。そしてそこで派生してくる内なる失意とペーソスの増殖に耐えられないほどのストレスを意識することになる。

そのような思い入れを処理するためにはどのような方法があるのか。彼は、詩法としてできるだけ事象の成立した理由を深く問いかける前に、いち早くプラグマティックに事柄として位置づけ、それを列記していく。それを通して、あとがきで《卒然と一種の悲歌におそわれた》という理由を開示していくのである。

彼が開示する場としての歴史の風景は、どのようなかたちでとらえられているのだろうか。即物的な点景を走馬燈のように回転させ、そこへ歴史として累積された時間を交差させながら、その中に探察すべき自己投影の場を見ようとしている。それは見方を変えれば〈遊戯〉の意識ともなり、〈玩具都市〉の並列化による詩心の転移の流れをもたらす様相を示すことにもなるのかもしれない。

レンガのための綺想詩

レンガを積む。
ヨーロッパの渋い色彩を積むように。
四角い時間を積む。

ロンドンの帽子屋の形をした遠い旅愁。
レンガは金の老帝国である。

扉をあければ、まばゆい黄昏に胸をはずませた、
レンガが密集の唄をうたう。
十九世紀の孤児のように群をなして――

（略）

中世紀の女の吐息で曇っているロンドンの街に、
落日を燃やしながらレンガは幾つかの幻を積み重ねていく。
哲学と霧の限界を果てしなく歩いていく黒い宰相。
地下室の美学。

レンガは提督と海賊の混血児である。

思想を短剣のように花咲かせ、火の感激で菩提樹を焼いた
　レンガの秘録を誰も知らない。

ロンドン・タイムズは、
初冬のロンドン横丁の角を曲って、銀杏の葉のように吹か
　れていった小さな活字をもう一度拾い直して、
或日、美しい記事をつくりあげた。

レンガは積み重ねるうちに、
いつか、
厚い皮表紙の歴史書に変るものらしい。

『耳殻都市』詩宴社

このようにレンガという即物に人間の営為の累積としての歴史をあえて押し包むなかで、その営為の点景を摘出しながら、そこに詩心の刻印をはかろうとする作業が、ともすると高踏派的なインプレッションを招来することになる。

またこの詩の各連に配置されていく風景が事象の角度を瞬間変更させるかたちで、映し出され移動するなかでの感性の発露は、きらびやかな知の発散によるモダニズムの展開にあるのではないかという危惧さえ感受されかねない。しかし、そのような感受させる場をあえて押し広げたとするならば、それは彼の言う《生活的匂いが全くない》詩を書きたいという意欲を多分に成就させたことになるであろう。

つまり彼は、現実の日常における喜怒哀楽を詩のモチーフとして感慨を記すという場と手法に激しく嫌悪の感を抱いていたかもしれない。なぜなら、そこには、現在という時間に連なる歴史のフィルターが用意されていないという実感が働きかけていたからだ。

いずれにしても、この詩を読む限りでは、歴史と文化の形成されるプロセスにみなぎる人間の欲望の渦の本質を凝視したいという思い入れが感受される。それだけに、それが歴史の時間に向けて放たれる詩のメタファーのことばの試行のなかに、どれほどの重さを持って現在という時間の一刻を撃ち続ける可能性があるのか問われるところである。

霧の向こうのレーニン像記

一月一日
露西亜町波止場の迷路に粉雪が積る。
関東軍倉庫の裏を曲って年老いたロシヤパン売りが歴史
　の闇の中へ消えていった。

二月二日
ペチカを囲んで発端のない物語を聞く零落の孤児達。
赤煉瓦の官舎の暮色。
割れた花瓶に夕陽を投げ込む遊戯をする。

三月三日
灯のついたステーションで平原行きの列車を待つ青い農
民達と食欲とノスタルジイ。
四月四日
瓦斯燈の下で一世紀前の恋人を待っている女達、或は薄
明の領事館。
五月五日
粛正の狼煙に咲いた鉄の花。
六月六日
霧のような雨の降っているレストランで氷を噛み砕きな
がら話合っている異邦人達。
痰のように落ちた祖国。
七月七日

戒厳令が夜獣のように息づいている深夜。

八月八日
壁の向うは荒れた黄海。剥げかかったルースカヤ・プラウダの紙片を見つめている眼。
アカシヤの並木のように痩せた女身像。

九月九日
駅の掲示板に書かれた遺失物。
『褪せた向日葵の秋の午後に脱ぎ捨てられた方は案内所までお越し下さい』

十月十日
すべてのインテリの不眠症は、霧の向うのレーニン像を「大学眼薬」の広告だと思い込んだところに発したものです。

十一月十一日
スターリン大通り（旧山県通り）を行く霧の軍隊。
音楽は止み赤い砲身の中で焼けつくように赤児が泣く。

十二月十二日
白髪を海風に靡かせてロシヤパン売りは老いていった。
―昭和二十一年於大連―

『耳殼都市』詩宴社

この詩の書かれた日付は、まさに敗戦の混乱の極点にあった時期である。彼はこのとき大連に居住していたのだから、その混乱の渦中にあったと思われる。彼は少年時代をこの場所で送ったと言うが、その時期に感受した多様な感性はこのような状況のなかである種の断念を強いられたと思われる。

すなわち、自らの生きるという条理が激動して変転する場の只中においては、直線的には理解し行動し得ないという事実を体感していくことになる。そのなかで描かれたこの詩の原風景は、実に色あせた暮色に包まれた彩りの中にうずくまっている。動きのない空気のなかに粛清とか戒厳令というようなことばが踊っている。そしてその陰に祖国ということばがうずくまっている。

このようなことばの並列のなかに、詩の各行は特別な感傷をさしはさむこともなく、ドキュメントなかたちで記されていく。それだけに、権力に代わる新たな支配者の欲望のシルエットがひたひたと無言の海鳴りを感じさせるのである。戦後六十年余過ぎた現在、北方四島が新たに他民族の実行支配の波にさらされている事を実感するとき、この詩に対して深い戦慄を覚えるものである。

それにしても、この詩を含めて、たびたび批評者への批評ともとれるかたちで、自らの詩を書く場を確認しようとしている。そのことは、詩を書く自らの位置を決定的に確認し得たという自負によるものか、それとも軽い感性の疾走感覚より生じたものかは読む側の判断に委ねられるべきであろう。

黒　子

（略）

羅馬は一日にして成らずという格言が臆病な大学教授のポケットからシガレットケースでも取り出すように安易く

投げ出されていった。

（略）

『耳殼都市』詩宴社

北京の眇眼

（略）

北京が逆上ちすると、ソーダ水を飲んでいる梅原龍三郎が
見えます。

（略）

『耳殼都市』詩宴社

このような反語を用意しながら、そこには日常の概念とされる位相に向けての叛意をあらわに突き出そうとする意欲を見せていく。しかし、この詩集を通して根底的に求めよう

とした、歴史と人間にかかわる権力と欲望に相関しながら産出される人間の生の条理とは何かという問いかけに対する踏み込みは不分明なまま、彼の言う〈悲歌〉の解明の扉は重く閉じられ、新たな詩のことばによる突入を待つことになる。

それは次の詩集『魑魅魍魎』へと受け継がれ、新たな展開の場を求めていくことになる。このような意欲は歴史を彩る文化の総体めがけて、より多様な視点を設定しながら、自らの持ち得る博識の単語を各一行に刻印していく。そこにはグルグルと回転する言葉の交差に散乱するきらびやかな寸感の放散が行われていくことになる。

その営為は新たな自らの詩への希望をもたらすものなのか、それとも峻烈な自己解体をめざして、再度の詩的創造の世界を求めようとするのか、関心の持たれるところである。ただひとつ言えることは、事象をよりアブストラクトな方向で結実化しようとする様式の確立へのこだわりと、それをさらにプラグマティックに眺望するなかで書くべき内容を処理しながら、詩の意味を求めようとする意欲がみられたことである。その営為がどのような結果をもたらすのかさらに知りたいものである。いずれにしても、月並みな日常生活詩を乗り越えて、新たな詩のジャンルを試行しようとした意欲は、戦後の岐阜の風土に根ざした詩活動に、格別の影響を与えたということが言えるであろう。

昨年彼の訃報を知る。

特に岐阜の風土に詩の主知性を求めて果敢な詩的モダニズムの展開を図ろうとした努力

は特筆されるべきであろう。しかし、それらは、この岐阜における人間と風土とのかかわりにおいてどのような理論の視座を持とうとしたのであろうか。すなわち、情緒的サンボリズムと詩的レアリズムの相克する中での彼のモダニズムの追及はどれほどの詩的展望を持ち得たのであろうかということである。

いずれにしてもこの点からの踏み込みが不分明のまま、その活動の幕を引いてしまった理由は、なお考察してみる必要があるといえよう。

（付記）山田賢二と平光善久

戦後へ帰還する青春の叫歌

藤吉秀彦

私は思わず絶句した。

平成二十三年七月二十七日発信の山田賢二よりの葉書を読んだときである。彼が鬼籍に入る前に受けとった最後の書信であった。

思わず絶句したとのべたのは、平光善久という詩人についてのプロフィールが書かれた一行のくだりについてである。私の書いた平光ノートへのより客観的な方位を求めると同時に山田自身の戦後の混乱期を生きた時代への理解を求めようとする心情が吐露されているのだ。因みに山田と平光は殿岡の主宰した『詩宴』の同人であったようだ。そのような彼の視座をよりたしかに確認するためにも、ここにその葉書の原文をそのまま紹介することにしよう。

『風土に根ざした奔念のエコー』お書きになりましたね。これは先生しか書ける人はいない。そうでしょう。客観的にじっと見ていたのですから。殿岡辰男先生にページをさいたのはいいとして、平光善久ノートは義足から始まった、つまり人生観で、怨念ではなく彼自身は自賛でした。私は満州で戦後も体験していますが、それは書かずモダニズムに走りました。いまは書いていますが、書きにくいのは毛沢東軍と行動を共にさせられたから。戦後2年の中国東北における混乱は滅茶メチャでしたね。ソ連軍（女の兵隊もいました）想像して下さい。私は二十歳でした。おかげでロシア語を覚えました。ゆっくりしゃべりたいですね。

ここで彼の葉書を紹介したのは、ほかでもない、敗戦以来の『戦後』という時代を迎えてからの七十年間を彼等は歴史の当事者として、どのような受けとめ方をし、かつ生きようとしたのかについてあらためて考えてみたかったからである。

平光が戦争に行って片足を失ったことに対して、平光自身は〈自賛〉していて、決して怨念を持ってはいないと山田は述べている。しかし念のため「骨の遺書」などの詩集を読みなおしても、そんな〈自賛〉に等しいことばはどこにも見当たらない。しかし山田は平光との対話を通しては、〈自賛〉ということばで総括しようとしている。

そうであるとするならば、平光が戦争で片足を失ったことを自賛しているという山田のことばは、仮に平光がのべているとしても、それを大仰に受けとめて、その自賛していることばに同調する必要はないのである。逆にそのようなことばを山田があえて葉書に書いてくるということは平光の〈自賛〉に対してある種の非難を浴びせていると解してよいのではないかと考えられるのである。

それにしても、この苛烈な敗戦の傷を平光と山田は自らの青春の只中で処理し、再生の視点を求めようとしたのであろうか。それをこの一枚の葉書より見出そうとしたとき、それはまさに四分五裂に引き裂かれた戦後の状況への違和感と怒りと失意だけである。岐阜の詩風土にこれほどの戦争への傷心を抱いたまま果てていった二人の優れた詩人にあらためて深い敬意を表するものである。同時に、二人の時代と青春への傷心をあらためて考察していきたいと思う。

平光善久ノート・詩集『東洋の裸身』を通して

増殖するリビドーの叫喚の位置

平光にとって戦後の出発は、敗戦と片足の喪失という二重の背理を背負っていくことになる。街が次第に復興して衣食が足りる状況がみられていくにしても、彼の傷心が埋められるほどの充足は得られなかった。

それは二十余年経っても、その時期に刊行された詩集『骨の遺書』を通して、彼の傷心の喘ぎの噴出はやむことがなかったからである。ついには生に対する自閉の度をより深めていくことになったともいえよう。

そういう彼の詩作態様について、芥川賞作家である小島信夫が友人として、強い危惧感を表明している。平光が自己閉塞の方向を強めようとしていることについて、禅的なものに傾斜し過ぎることは危険であると述べている。

そのような詩的情況を抱え込みながら、平光はそこより脱出しようとどのような詩的営為を求めていったのであろうか。彼はその方位をインドの風土と民衆のなかに自らの感慨を映しながら、見いだしていく。

東洋の裸身

おんなが
花であるというとき
花びらはどこ
雄蕊は　どこ
雌蕊は　どこ
花粉は　どこ
蜜は　どこ
絶頂で眉間に深い襞をつくる花の神経は
おんなのどこに秘められているか

おんなが
花であるというとき
バンコックのおんなの肩に
柘榴のようなキスマークがあり
アンコールのおんなの胸に

猫柳のように光る乳首が浮き
カルカッタのおんなの内股の
薔薇の赤さがぼくを萎えさせ
カトマンズのおんなの瞳に
雪割草のようなブダナス・ストーパが映り
ベナレスのおんなは孔雀と並んで
マンゴーの花の下に腋臭をばらまき
ペイトウのおんなの黒いブラジャーは
木蓮の花心のように肌を艶めかせていた

おんなが
花であるというとき
それは　かがやき
ひかり　いかり　さかり
もえ　おえ　すえ　なえ
ゆらめき　うごめき　みぶるい
花は開き

花は捧げ
花は痺れ
戦いはつづき
逸楽はつづき
堕落はつづき
花とおんなのシーソーのような
息使いのやさしさと荒さが
花びらを微妙にふるわせ
おんなのなかのおんなの部分が
花のように爛熟する

おんなが
花であるというとき
トンレ・サップ湖のようにぬめる沼をもち
ナガルコットの朝陽のように溢れる泉をもち
ヒマラヤ連峰のように清冽に喘ぐ波頭をもち
タジ・マハールのように絶妙な花吹雪をもち

みごとに熟れたマンゴーの饐えた薫りのなかで
明日のいのちを育てているおんなの
ことばなどもはや必要としない花の会話が
なまめかしいおんなの声になり
花が花であるように
おんながおんなになり
薫り高い風土の香料のように
東洋の裸身が立つ

『東洋の裸身』詩宴社
一九六八年（昭和四十三年）十一月十日発行

インドが異国でありながら、どこか文化の道義性を感受させられる共感を、彼は詩のことばに紡ぎ出そうとする。《おんなが花であるとき》という発語を通して風土に噴出する生命感をそこへ収れんさせていくのである。

その営為は同時に無数に開花して交差し合うリビドーの氾濫する絵図となり、この詩人自らの求める詩境のコアともなっているようである。

そのコアにアプローチする手がかりとして、ここに表出される〈おんな〉と〈花〉のかかわりが《絶頂で眉間に深い襞をつくる花の神経》となり、《柘榴のようなキスマークがあり》ともとらえられていく。ついには、《カルカッタのおんなの内股の／薔薇の赤さがぼくを萎えさせ》と官能的な風景への一体化をはかろうとする。

このような意欲は、インドという風土において、さらにリビドーの増殖を促しながらそこにある風景を〈おんな〉と〈花〉に包みこんでいく。そこに発せられる詩心は、究極のいのちの美学を求めて、動詞の連続の波動をことばに位置づけようとする。

そこには、《それは　かがやき／ひかり　いかり　さかり／もえ　おえ　すえ　なえ／ゆらめき　うごめき　みぶるい》ということばの波動が羅列されてく。この波動はリビドーへの憧憬ともなり、喘ぎともなって放散される。

その喘ぎはほかならぬ性愛の極点にある新たないのちの自己増殖への希望を拡大させていくことになる。この喘ぎは、彼の詩の営為にはあまり見られなかったものである。つまり戦争より受けた傷心からくる一切に対する喪失感が彼の重い吐息となり、その波動が喘ぎとなってこぼれていったのである。

その喘ぎはさらに自らの存在そのものへの怨訴ともなり、生へのアクティブな方位さえ消失させようとしていく。そういう点において、このようなギャップを何とか乗り越えていくことはできないのかという自己再生への意欲の高ぶりとも感受されるのである。

それはまた、《花とおんなのシーソーのような／息使いのやさしさと荒さが／花びらを微妙にふるわせ／おんなのなかのおんなの部分が／花のように爛熟する》と形象化を求めていくことになる。それは同時に《明日のいのちを育てているおんなの／ことばなどもはや必要としない花の会話が／なまめかしいおんなの声になり》というように、この詩の結語に収れんされていくことになる。

すなわちこのインドの風土と人間の総体を「東洋の裸身」のモチーフに刻印しながら、そこに無限のリビドーの開花と結実をめざしていこうとするのである。このような意欲がほかならぬ〈花〉と〈おんな〉を通しての詩心への自己解放をさらに拡大させ、それを詩表現に結実させようとする願いに連なっていく。

これを絵画の一場面に置き換えて見れば、ゴッホのひまわりの炎にゴーギャンの重厚な色感を重ね合わせるなかからこぼれるエロスの彩りとでもいえる。それはまた彼にとっての詩のことばを叫びとして感受させるエネルギーともなっていく。

このような叫びとしての詩の一行は読む只中においては、リビドーへの幻視に酔いしれていく共感の場に立ちながらも、連の途切れる瞬間不意にダークなエコーを感受させるものとなるとすれば、それはいったい何であろうか。

そこには甘美な花とおんなを通してのリビドーへの傾斜の場をよぎる生の存在の不確実さが、新たな喘ぎの叫びとなって噴出しているのかもしれない。

ベンガルの朝

カルカッタの午前五時は
早暁から靄が濃い
夜のうちに焚きこめた牛糞の煙と
おびただしい人口の人いきれが
朝靄になって街路を流れる
靄の下の歩道の隅に
地球の腫瘍のように毛布にくるまっているものがある
朝になっても起き出さなければ
それは怠惰な不可触賤民《アンタッチャブル》だし
昼になっても動き出さなければ
それはもはや死んだものに過ぎない
ダムダム空港に向けて走るバスが
彼らの上に強い排気ガスを吹きつけても
身じろぎさえしない
カルカッタの歩道の住民にとって

生とは
一枚の毛布に托した
蓑虫のような存在であるのだろうか
小さな赤ん坊を
歩道の上に投げ出すように寝ている女の
赤ん坊と女とは
たしかに母子にちがいないのだろうが
そこにはどんなつながりさえないような
非情な寝相を歩道の上にさらしている
その女が
どこにいるとも知れない男と
どんなところで
どんなかたちで
胎児を宿すための交わりをしたのだろうかと考えたら
カジュラホの
コナラクの
ヒンズー寺院の男女交合《ミトゥナ》像が

旅人であるぼくの脳裏を
しきりに去来した

＊

ダムダム空港に向けて走る道は
早暁すでに
鴉の啼声が空を舞っている
濃い代赭色の東天に
椰子の木が
次第にくっきりとシルエットを浮かべてくる
眠っているものの上にも
もはやふたたび目覚めようとしないものの上にも
同じように残酷に
赤褐色のベンガルの朝が明るんでくる

『東洋の裸身』詩宴社

人が自らの生の存在のありようを確認しようとするとき、向かい合う風土やその風景への感慨も違ってくる。そういう意味で彼が抱いたベンガルの朝の詩想もまた趣の違ったものになってくる。

朝は一切が清浄な一瞬であると思われるのだが、その予想を裏切って、彼にとっては《牛糞の煙》と《おびただしい人いきれ》であった。さらにそこで視野に入ってくるのは、不可蝕賎民の歩道に横たわって身じろぎもしない姿である。このような風景をみる中で、彼の抱こうとしている生への欣求の意識は、不意に冷えてくる。《生とは／一枚の毛布に托した／蓑虫のような存在であるのだろうか》という懐疑に取りつかれるのである。

それはまた、かつて戦場で味わって荒涼の風景のなかで見いだした無常観と一致するものであったかもしれない。そのような感慨のなかで生への希望が、より不確実な失意を増幅させていくことになる。

そのような意識の場に映し出されてくる風景は、何がどのようなかたちで、とらえられていくのであろうか。

《歩道の上に投げ出すように寝ている女の／赤ん坊と女とは／たしかに母子にちがいないのだろうが／そこにはどんなつながりさえないような／非情な寝相を歩道の上にさらしている》と歌い上げながら、もはやそこには人間としてのいのちの実体としての関係性を見いだそうともしないのである。

その思い入れは、即物的な観察の場を拡大させていく。その結果として《どこにいるとも知れない男と／どんなところで／どんなかたちで／胎児を宿すための交わりをしたのだろうか》というようにその場の印象をひとつの認識として問いかけようとする。それはまたヒンズー寺院の男女交合像へと収れんされていくことにもなる。このベンガルの朝を彩る一刻は、よどみきった灰白色の風景をそこに展開させながらさらに静止するのである。

少なくともそこには、生の躍動をもたらすような動きはほとんどみられない。そうでありながら、その風景の底流から不意に突き上げてくるリビドーのうねりを感受させるものがあるとすればそれは何か。そこにこの詩がもたらす生と性の交差の一瞬の重さを引きずり出そうとする平光の詩心の営為を実感するのである。

さらにいえば、この重さをこそ、平光は自身の詩のモチーフとして感受したまま、かえってその重さに喘ぐことになってしまったともいえる。しかし彼のめざす詩の方位からすれば、それは当然抜き差しならぬ必然性を持って押し迫ってくる新たな喘ぎの波動に対するエネルギーともなっていく。

いずれにしても、このような重さからくる意識の喘ぎから、何とか解脱しようとする願いも、その喘ぎに比例して増幅してくる。それは人間の存在を際立たせるリビドーとのかかわりにおいて、解決できるものではない。突き詰めれば人間の生の欲望との絡みにおいて、果てしないひとつの業ともなって、引き伸ばされていくからだ。それはまたさらに多面的な広がりの場をみせようとする。

においの暈

すれ違いざまにふと出逢うのは
影よりも複雑なにおいの暈である
それは
ものそのものよりも淡く
ものそのものの影よりも深く
しかもそれは闇の存在よりも濃い
ニューデリーのアショカ・ホテルの早暁のロビーを
豪奢なサリーをまとって
影のように通り抜けていった
ふくよかなジャスミンの香り
あるいは
牛糞を練って灼けた壁にはりつけ
乾燥燃料をつくる女の手形のついた

ラジギール近郊の臭気

カルカッタのインド料理店アンバーで
燭台に蝋燭の火を点もして採るカレー料理の
香辛料はインド地図のように口のなかでひろがり
あるいは
アグラの救癩センターの近く
付属の癩療養所の癩患者が放つ
饐えた人体の腐敗臭

ブダガヤの大塔のなかで
香烟を焚いているチベット尼僧の
香烟のにおいよりも濃い茴香の香り
あるいは
アグラのタジ・マハールの庭で
くちなしの花をスカートの裾で蹴散らして歩く
ユダヤ娘の白い足指の香り

ただようもののはかなさは
ただようもののきびしさよりも濃く
もはや　すでに
男とか女とかけものとか植物とかの性を越えて
におうものの存在があるとしても
やはり　そこに
はげしい性の香気が
業の放つ吐息のようにただよう

『東洋の裸身』詩宴社

あのカルカッタの朝の一刻は、平光にとっての生命の感受の場を灰白色の心象風景のなかに彩色していく。そのような角度でしかとらえられない生の喘ぎの意識のうねりを見いだすことになる。

しかしそれはまた、そのうねりそのものが無為な宿命性を伴って、生の一刻を眺望する風景をさらに灰白色に染め上げていくことになる。

しかしこのカルカッタの朝の一刻への詩心は、まさしくベンガルの朝を突き抜ける奇妙なほどに新たな生命感を感受させていくことになる。彼にとっての灰白色の風景から噴出してくるのはほかならぬ臭覚の多様な放散を感受する場となっていくのである。

このような視点からとらえられていくインドの風土への思い入れは、よりリアルな人間への凝視を鋭くさせると同時に、より官能的な感性を揺さぶり起こしていくことになる。事物の存在の確認をする尺度として人間と風景のリレーションを臭覚から内視化しようとするのである。

彼はインドの風土と人間に対する理解をこの臭覚の放散する場を通して、より深めていこうとする。そのことは、そこに新たな生の息吹を見いだそうとする意欲にもつながっていく。

ただしそれが、どれほどの願望の成就につながっていく意欲になるかについては、いささか懐疑的な詩の一行に出くわすことになる。《すれ違いざまにふと出逢うのは／影よりも複雑なにおいの暈である》とある種の憧憬すらこめて断言のことばを放っているからだ。

けれどもそれはまた同時に《ものそのものよりも淡く／ものそのものの影よりも深く／しかもそれは闇の存在よりも濃い》とより視覚的な明確さを求めながら、同時に不確定な心象風景として自らの内に収れんさせていこうとしている。

そうでありながら、終連においては、《ただようもののはかなさは／ただようもののきびしさよりも濃く》と感受する場を規定しながら《はげしい性の香気が／業の放つ吐息のようにただよう》と結語しようとする。

彼が新たないのちへのダイナミズムをこの臭いの暈のなかに求めようとしながら、それは成就しなかったといえる。いやそれよりも、より淡く、よりはかないものとして形而上の世界に昇華させていこうとするのである。

このような昇華の原点をもう一度問い返せば、それはインドの風土において感受した強烈な臭いの暈から始まったものである。その臭いの好悪は別にしてそれをふりまく人間のリビドーへの関心がより深く形而上への位置づけを求めていったと考えられる。

それはまたヒンズー寺院と男女交合体による祭事と祈りに自己同一をはかろうとすることになる。それを通して、自らの生の可能性の突破口を見いだそうとしたともいえる。それだけに、このような点を踏まえて、いのちのダイナミズムの実感をさらにそこに求めようとしたのかもしれない。そのことはインドの風土への憧憬をひとかたならぬ華やかな女と花といのちの交合の幻夢の中に押し広げてこの風景に具象化させ、それを詩表現のなかに位置づけようとした営為にもつながっていったと考えられる。

そういう意味では、この詩集における「東洋の裸身」は人間の生の欲求への方位をより具体化してとらえようとした意図がうかがわれる。それだけにより生へのリビドーの高ぶりを性的エピキュリアンの場にまで拡大しながらそれを生の極点にまで位置づけようとしたともいえる。

このような身体の内奥から噴出してくる生とリビドーとの交差の一瞬を詩心のエコーとして、彼は詩のことばに移行させようとする。それは《花びらはどこ／雄蕊は　どこ／雌蕊は　どこ／花粉は　どこ／蜜は　どこ》というように詩のモチーフに対する問いかけを一気に発語させるようなかたちで、繰り出していこうと読み手に働きかけることになるのである。

またその発語の方位が決まったとき、それに対する歌い込みは三連の場を通してセクシャルな動詞を機関銃のように乱射させながら、そこにいのちのダイナミズムのうねりを見いだそうとしていく。この表現のうねりの波動からくる切迫したことばの衝動性は、平光ならではのいのちのリビドーへの方位をよりリアルに表していると言えるであろう。

そこには現代詩の持つちゃちなモザイク詩表現にうつつを抜かすことばのモダニズムを圧倒して押し迫ってくる緊張感がある。そのような官能的極点をこのインドの風土の風景に表出させ張りつけながら、なぜか不意に冷却させていく《ただようもののはかなさは／ただようもののきびしさよりも濃く》というような詩のことばにぶつかるのはいったい何なのであろうか。

火のアラベスク

（略）

――とおいぼくのなかにも睡っているいくつかの火がある
戦乱の世に非業の死を遂げたぼくの祖先が
血生臭い河原の石の上でくすぶりつづけ
蕭条と降りかかる霧雨の下で
やがて小さな燠となって消え了わる

（略）

――とおいぼくのなかにも睡っているいくつかの火がある
ジンム　スイゼイ　アンネイ　イトク……
首飾りのようにちりばめられた宝石のまんなかを
ひとすじにつらぬいている血みどろの糸が
熱い灯心のようにぼくを通りぬけ

未来にまでつづいている民衆の焰の列となって
はるかな血の系図がスパークしている

（略）

――とおいぼくのなかにも睡っているいくつかの火がある
夜鷹であったぼくの祖先のひとりが
いまもなお流しつづけている汚れた涙が
ぼくの血漿のなかで
薄倖の星のように光っている

（略）

――とおいぼくのなかにも睡っているいくつかの火がある
ぼくの前世は
釈尊を踏みつぶそうとした提婆達多の象であったかもしれず
あるいは

釈尊の経行《きんひん》に踏みつぶされた虫けらであったかもしれず
ぼくのなかで　いま
象の眼と虫の眼がかなしい業火のように映っている

『東洋の裸身』詩宴社

彼がこのインドの風土を旅するなかで、新たに求めようとする生の意欲は、ひとかたならぬ人間のリビドーへの憧憬の本質を見定めようと試行するところから噴出してくる。けれどもその行く手を阻むものがあったとするならば、それは何であろうか。

彼はこの「火のアラベスク」において、インドの旅の途上における詩心を吐露しながら、不意に《──とおいぼくのなかにも眠っているいくつかの火がある》という一行をこの詩の各連において発していく。その発語の源流の〈火〉の意味を自らの詩心に逆投影させようとする。

その結果として問い返されてくるのは、自らの出自をも含めて祖先たちの生きた歴史の一刻への凝視である。そこより実感させられるのは、その一刻が血なまぐさい葛藤に彩られてきた時間の積み重ねであったという事実である。

この長編にわたる詩を通して、彼はインドの風土と人間に対して無限のいのちのダイナミズムを感受し、同時にその息吹を自らの詩心の方位に向けて開花させようとした。けれどもその意欲が高まるほどに、それは自らの祖国と人間の歴史への回帰を求めさせる問いかけを生み出すことにもなっていく。

そこに見いだされる争乱と戦火の一刻のプロセスを思い返したとき、いったい生きるとは何かという生の命題への自己対峙の位置の確認を押し迫られていくことになる。異国の旅の只中で感受するリビドーへの粘着的体感を瞬間に裁断させてしまう自らの祖先の血なまぐさい歩みの一刻の記憶は、この詩の持つ内面の痛みをこの詩人の喘ぎとして浮上させてくる。

平光の詩は読むほどに生の一刻を不条理の行程としてとらえようとしてその理由を戦中体験を基底に据えて見いだそうとしている姿を感じないではいられない。特に終連において《ぼくの前世は》と問いかけるくだりには、釈尊と真っ向から対置しようとする姿がみられる。そのなかに自らの存在する位置を確認しようとするのである。

その結果として「火のアラベスク」の詩やこの詩集、さらには彼自身の詩活動に対して、この詩の結語を逆投射させようとしていく。すなわち《象の眼と虫の眼がかなしい業火のように映っている》のである。それはまた、インドの風土と人に対する問いかけともなっていく。

インドの牛

インドの牛は　啼かない
ただ　黙って歩くだけである

インドの牛は
インドの餓えを知らない
ただ　黙って痩せるだけである

『東洋の裸身』詩宴社

彼はこの詩を通して大仰な叫びを用意しようとはしない。ただひたすらにインドを丸ごと呑みこみながら今はただ自らの生の原罪の理由を現世の〈業火〉のなかに問いかけていこうとする。それはまた無限の諦観に生の位置を求めようとすることになっていくのだろうか。

このような惑いに対して、彼はこの詩集のあとがきで次のように述べている。

《インドのもつ逞しい生のエネルギーには圧倒されるものがあると思った。執着の生ではなく、生死を超越した生のエネルギーである。》

これは、ほかならぬ自らの詩の営為に向かっての方位を示すことばであるといえよう。

佐合五十鈴ノート・詩集『仮の場所から』を通して──

生の一刻への断念の方位

この詩集に充満するのは生の存在に対する可能性についての凝視である。しかしその凝視の場は実に不定なかたちで移動しながら、その場に位置する時間を限定しようとする。限られた場からしか生きるありようを確認できないとすれば、それを強いるものは何であるのか。

それはそのような場に安住し得ない不安の意識であろう。その意識を生み出すものはいったい何であるのか。そのような問いかけを通して、自らの生の位置を確認していこうとする。佐合の詩はそうした確認の理由を繰り返し記すなかで、逆に生の一刻を彩る生への不安と死の意味を凝視するのである。

輪廻

始まったばかりの季節は

すでに終っていた
とどかない　光に
ふるえる掌でかかげる
花がしおれて
風が止む

樹々は息をつめる
虫の声が地の底から
ふきあげてくる

音楽
などというのではない
炎える声
いのちをかけた叫びなのだ

その叫びの奥

かすかに呼ぶ声がある
ひとの声　虫の声でもない

向こう岸と　こちらの岸の境で
崖から落ちるものを
支えるように
落ちたものの悲鳴のように
誘われる　わたしを
虫の声は
動かないで　と行く手を閉ざす

闇の中の　呼ぶ声は
ひびわれ崩れていく崖で
ほの白く
炎える　骨になって

見たくもないものを見る眼と

聞きたくもないものを聞く耳の
死者の顔をして
ひとときの仮の姿に身をゆだね
いつかは　わたしも
炎える　骨になる

『仮の場所から』不動工房
一九八〇年（昭和五十五年）発行

流れる時間のなかで、生命に彩られる風景はすでに色あせていく。その風景に交差させるなかで、噴き上げてくるものがある。それは虫の声となり叫びの声となりそれはまた炎の骨ともなっていく。

そこにはいのちの季節を色あせさせていく時間と、さらにそれを凝視する存在とをその時間の渦中に引きこみ、消去をはかろうとする叫びの共鳴音が加速しながら、凝視しようとする視界そのものを塞ぎこもうとするのである。

その渦中にあって、何とか生と死の臨界を押しとどめようとするのだが、どうしようもなく死のシルエットだけが生の一刻を啄んでくることになる。それを輪廻の位相に位置づけるには不条理な一刻と喘ぎを発するところにこの詩の〈炎える骨〉の痛切さが感受されるのである。

夾竹桃

こちらの世界と
向こうの世界の境目で
あわあわとほほえんで
あなたは
ゆっくりと光に手をかざし
「ああ　骨が重い」
と　いった

すでに　追い出せないほどに
あなたのなかで
死　は育って
育つだけ確かな速度で
あなたから逃れていくものを

やさしさによって
いとおしさによって
止めることはできなかった

（略）

『仮の場所から』不動工房

収奪される生の一刻を〈あなた〉と〈骨〉の関係性を通して、死の時間に照合させようとする営為は、容易なものではない。なぜなら、そこで見いだされるものは、生の可能性を吟味するよりもそれの喪失をもたらす不安の増殖を直視せねばならないからだ。そのような観点からのモチーフの取り出しを繰り返しながら、冷徹なまでに派生する不安の意識の理由をえぐり出していく。運命とか詠嘆に絡まる感情を吐露しようとしない。不安にさらされる時間そのものに対して、それを凝視する人間の意志を向かい合わせようとする。

この詩のもたらす戦慄は、そのような意志の表明を声高に伝えることなく、その意志の方位の結果にまで淡々と自らの予見性を指し示していることだ。

（略）

ゆっくりと光にかざした手を
ぱたり　ふとんの上に落した
手の早さにも似て
旅立ちはあっけなく
誰も挨拶などしない
ただ　黙って唇をかむ

（略）

『仮の場所から』不動工房

現実で光の当たる場所は、生の活動の容認されるところである。生の喪失の一刻をまばゆく照射する場などあまり見当たらない。というより、人間にとっての生活は絶えず向日性を求めようとする。それだけに生の一刻に不安やかげりをもたらすような事実に対してはとかく目を背けたがるものだ。そこには生の一刻を脅かす要素があまりにも多く存在している。

そのような生の死角に対して、佐合は容赦なく踏みこんでいく。生きる時間を侵食しようとする一切に対してそれを突っ切っていのちの再生をはかろうとする視点を自ら探り当てようとする。

ほたる

六月になると
わたしはほたるをさがした
若葉のむせる庭木のなかに
伸びすぎた草むらに

雨があがると
露が光った
ときおり
ほたるかと急いで　近づいた

記憶のなかの六月

いつも　ほたるが光っていた
予感のように　蒼白く
けれど　確かな灯り

光るからほしかった
ほたる
つぶすと粉々になった
粉々になっても光っていた
死ななかった　ほたる

ほたるのいなくなった庭に
六月は幾度もすぎた
寒い　季節をひきずりながら
けだるい死を　予測して
いないほたるの死臭がみちる
六月は
一粒の露さえも

掌にのせられない

『仮の場所から』不動工房

《光るからほしかった》この一行にこの詩の内容が全て集約される。絶えず身近に押し寄せてくる生への不安と予感との交差のなかで、その予感を生の意欲につなげていくものがあれば、誰しもそれを求めようとする。しかしその光を掌中にしたとき、それをあえて押しつぶして粉々にしてしまうというほどの思い入れが加わるとすれば、それはなぜかと困惑せざるを得なくなる。そのほたるの光がより生の欲求に照射をもたらすものであったとするならば、それほどまでの切実な喘ぎをこそ汲み取るべきであろう。

しかし、逆にその光を掌中にした途端にその光が自らの抱く生の不安を除去するに足りないものだという失意を倍加させるものであったとするならば、自虐から来る絶望をより強めたものとして感受せざるを得なくなってくる。

この連の終行は、《粉々になっても光っていた／死ななかった　ほたる》で結ばれている。ここに見いだされる意識の高ぶりは、生に押し迫る死の予感に対する不安を乗り越えるささやかな希望として位置づけようとしたものではなかったのだろうか。この希望は終連において《六月は／一粒の露さえも／掌にのせられない》ということばのなかに消去されていくことになる。

このような詩が書き継がれる生の只中にあって、絶えず生と死の時間の距離の測定を冷徹なまでに意識しながら、にじみ出てくる不安と焦燥の理由を確認しようとする意志がみられる。突き詰めていえば、その意志の連なりの内にあるエコーにこそ新たな未明性を感受するのである。

壁

このしずけさから
早くぬけたくて

明るい闇のなか
急ぎあしになる
不意に
首筋に刃物をつきつけ
素早く消えたものがある
誰もいない
白い壁の汚点《しみ》が　ゆらり傾き

無数の手が伸びる

あれは
小さい願いを掴もうと伸ばしたままの手
祈りの形の細い手
胸の中をつきぬける透き通った手

立止まれば　壁に
吸いこまれてしまいそうで
たよりないあしもと
誰もその生を
選んだわけではなかった
ときおり
先に走ってしまうこころに
からだはついてゆけなくて
疲れてしまうのだ

疲れて病んでいる　ひとの
待つ
夜明けは遠い
灯りにまぎれてきた蟻の影にさえ
ふるえて
ある日　無言のまま去ったひと
そのひとの手が　あいた椅子を指すと
無数の手が一斉に招く

血は音をたて逆流し始める

『仮の場所から』不動工房

人は生きる時間を限定されたものとして与えられる。その一刻の流れを通して喜怒哀楽を感受していくことになる。それを充足されたものとするか、不幸と断じるかは人それぞれ相違することになる。

ただこの場合、この詩に刻印されてあることばは《誰もその生を／選んだわけではなかった》という断言によってその意味を問いかけようとしている。このことばには、求めない選択を強いられたものとしての呪訴がこめられていると言っていいかもしれない。

そのような運命性を自覚するなかで、紡がれていくことばは、移動する時間のなかで疲労していく心象風景の取り出しであり、不意にその風景を遮断しようとする死の予感に対する恐怖の刻印でもあろう。

そのことばの刻印を通して、そこに生と死の狭間にうねる生への焦燥を打ちつけながら、その上になおかぶさってくる生の時間を収奪しようとするものに対してまさに《血は音をたてて逆流し始める》のである。しかしそんなとき、この詩のことばはどんなかたちでその方位を見つめようとするのであろうか。

祈り

波が岸をあらっている
網がほしてある
船は岸にあげられている

あの網に
引きあげられたもの

すりぬけていったもの
魚ばかりだった
とはかぎらない

海には
かなしみや憎しみがすてられ
波間に　ただよっているので
ときおり
魚とともに　引きあげられる
そんな時
網は
ひどく重いのだ

ひとが　祈りのように
網を引くとき
魚とともに
銀鱗をきらめかせて

すりぬけていくものがある
そんな時
網は
あっけない軽さで
手元にたぐられてくるのだ

網を
陽にさらしても
晒せないこころをいだいて
ひとは
もどかしげに　はるかな沖に
眼を向けるのだ

『仮の場所から』不動工房

この詩を通して感受されるのは、網の重さであり軽さである。この軽重の比較のなかで人の祈りというものは、決定的に結果を左右させられてしまう。それはもはや宿命への観照を強要する響きを伝えてくるかのようでもある。そうであっても、なお未明性の時間に向けて、人はいのちの可能性を求めていこうとする。そこには生への希望と業が重なり合いながらすがるべき何かをたぐり寄せようとする必死の喘ぎが見いだされていくことになる。

そこには果て知れぬいのちへのつながりの実感を求めながら、その願いを引きずる重さに耐えきれぬ痛みを詩のことばにかえねばならぬかなしみが、この詩の〈祈り〉のテーマに波打って波動のしぶきを浴びせてくる。佐合はこの波動のしぶきの方位をどこに定めて共鳴の場所を求めようとするのであろうか。

村

川が流れている
岸の大きい椋の木
石垣がつづいている
坂道に埋没する窓
黒い寺院の門
迷路の細い道
この村で生れ　この村で育った

今も住んでいる　けれど
ここは　わたしの村ではない

生れた時から
どれほどの村を過ぎただろう
過ぎた村は
名前も　場所も忘れた
夕暮れ　鳥が一斉に帰る
ように　還る村があっただろうか

旅の途上に
ひととき立寄った村
あの村が　わたしの村だった
と気づいた時は　すでに
せかれて
村を後にしてからだ

いつか　わたしをほほえんで
迎えてくれる村があるだろうか
　わたしの還る村が

『仮の場所から』不動工房

人は生きたいという欲求とそれに伴う条理をまず五感を通して実感する。その実感を軸にして、みずからの故郷とする場所にこころを移動させ、そこでの感性の開花のなかで存在することを確認しようとする。

その存在の確認が得られない限り、もはや故郷は人生を送るという時間においては、通過するひとつの場所に過ぎない。生と死の狭間における不安を収れんさせる場として見ようとするとき、それはかえって不安と苛立ちを増殖させる場となってしまう。佐合はそのような意識の変容のくだりをこの詩「村」の中で次のように記している。

……………
この村で生れこの村で育った
……………
ここは　わたしの村ではない

……………どれほどの村を過ぎただろう
……………還る村があっただろうか
……………迎えてくれる村があるだろうか
わたしの還る村が

ここで繰り返し問われるのは、死への一刻を押しとどめ生の回復をもたらす安堵の意識を持てる場であるかということである。そのような問いかけは、自らの抱く不安の理由についての自問自体に向けられたものでもある。そのことは生と死の一刻に醸し出されるいのちの不条理をもたらす運命に対しての疑問でもあろう。それに答える余地を誰が持ち得るであろうか。

この問いかけは、そこにのっぴきならない生を希求するいのちの喘ぎを伝えようとするのである。詰まるところその問いかけの帰すべき場を断念しながら、なおその営為と生に向けての意志を表現し続けようとしている。

このような生にかかわる不安の条理は、われわれの日常を不意に攪乱させようとする運命性を用意している。そういう意味で、この詩人の放つ問いかけは、新たに生への課題を提示しているといえよう。

山田達雄ノート・詩集『ぶどうの復讐』を通して——

生の彼岸からの葬歌への抒章

あらゆる生を享受するものにとって、その時間を遮断するものがあるとすれば、それは死の一刻にあるといえるだろう。その一刻に崩壊して消失していくものと、新たに胎動するものとの価値の差異をどのようにして推量し確認しようとするのか。

この詩集が編まれた一九七十年代の始まりは戦後の貧困から脱却し生活の多様性が求められるときでもあった。それだけに、詩表現の内容と方法にその傾向が反映されていくことも当然であるといえよう。

彼の場合、変動する時代と新たな胎動の波動のはざまにうねる生の位相を凝視しようとしたといえる。特にその位相を支える基盤に対してのあやうい感触の果てに、彼は人の存在と死との相関性に向きあおうとしている。

釣針

釣針が魚の
肉深く喰い込んでいる
口腔から
眼裏へと
抜けている
男の手はふるえる
鱗がはがれて
指にはりつき
ぬるぬる
ぬめり
死路へおもむく魚の
魚のごとくに
ふるえる男の心が
釣針をもどそうとするが
そのたびに

魚の眼は持ち上げられ
眼窩に血滲み
まなこ見開かれたまま
日がくれて
日がくれてもなお
釣針は取れないから
男の手は魚肉を
ひき裂く

釣り

暮れなずむ池の中に
浮子《うき》がひとつ
眼に見えない糸が
釣人と水底を
わずかに繋いでいる

『ぶどうの復讐』カオスの会
一九七二年（昭和四十七年）三月十二日発行

糸の先端のミミズは
拉致されて
身を釣針型によじらせながら
死の幽門をくぐり
そのしだいに力なえていく掻きが
釣人の指と心を生臭くした
獲物はいるのか　いないのか
時間が停止したところで
腐乱がはじまろうとしていた

『ぶどうの復讐』カオスの会

《死路へおもむく魚の／魚のごとくに／ふるえる男の心が》のなかにこの詩の一切は語られる。残忍なまでの釣針の動きと魚の生態のゆがみのスケッチを通して、的確に生と死を分岐させていく営為をあきらかにしていく。

そこにはまず釣るものと釣られるものとの間に、欲望の相克がみられる。結果として激しい緊張の後に一方の敗北が明確になっていく。それはまた男のこころをいっそうふるえさせていく。それはまた、一方のいのちの収奪をはかることへのふるえであり、同時にそのような営為をもたらすおのれへの恐れによるものでもある。

すなわち、加害と被害の両者の困惑を一挙に理解するなかで、男の手はますます強烈にふるえを加速させていく。その困惑に対する凝視をより強めることにより、その困惑をもたらす理由をはっきりとつかみたい衝動にかられることにもなる。

食するという欲望を両者が同時に持ちながら、やがて一方的にその欲望は遮断されてしまう。それのみならず、存在するための営為がかえって自己消失への方向をたどることになっていく。そのプロセスが、行間の変わるたびに切迫したテンションを生みだしていく。

それは、どうにも回避できない運命として受容させていくという方向で結語していくことになる。考えてみれば、この詩にある男のふるえる心というものが、いつのまにかわれわれの日常に不意に恐怖をもたらす一瞬を感受させるものとして共鳴してくるのである。しかしそれはまた、自らの生の一瞬を消去させる死と同義の意味を含んでいる。

その意味をより具体的に「釣り」の詩はとらえている。拉致される獲物の運命を釣人の側からてぎわよく処理しながら、より身近に引き寄せていく。それをリアルに感受させるものとして《釣人の指と心を生臭くした／……時間が停止したところで／腐乱がはじまろうとしていた》と釣人の存在を臭覚を通して明確にしようとする。

この〈眼に見えない糸〉を手繰り寄せる存在が身近に感受されるほど、そこより発せられる《指と心を生臭くした》度合いも強くなっていく。そしてついには腐乱の場が拡大していくことになる。

この「釣針」と「釣り」の連作を通して、山田は何を内視しようとしたのであろうか。それはほかならぬ人間と魚の釣りを通しての生と欲望の関係性を確認することではなかったのか。同時にその結果は一方に充足感をあたえ、もう一方には生への断念をもたらすという予見性を現実に図式化して見せるということであった。

それはまた、弱肉強食の生物の運命性を読み手に強く認識させることであり、それをついには死の意味の追求にまで拡大していく。そこには生きるものには死の絶対性が課せられていくという事実を感知させようとする思い入れが強くにじみでている。

そのような思い入れは、弱肉強食の運命性による死の認知だけにとどまらず、さらにその死を求めたものに対しても同様の結果をもたらそうとする。先ほどの「釣針」における獲物の死が予想されるに従って、釣り人もまた生臭い腐臭を発しそれに包まれていくのである。

このような腐臭に包まれながら実はその釣人の内心も「釣針」にえがかれてあるように、《死路へおもむく魚の／魚のごとくに／ふるえる男の心が》というようにフラストレーションの度合いを強めていくことになる。そのようなプロセスを彼は冷徹な目で見きわめようとする。

追われるもののうた

追うもののこころに
追われるものの
哀しみがひろがるとき
追うものの足が
にぶるというのは
ほんとうであろうか
追うもののこころに
追われるものの
敵意がつき刺さるとき
追うものは猛りたち
咽喉もとを噛み切る
というのはほんとうであろうか
だが　夕日の中に
舞い散る木の葉の
影におびえる小鳥たち

のために
誰が
なぐさめの言葉を
くれるであろう
追うものの論理はつねに
追われるものの
ためにはなく
追うもののためにある
だから　木の葉は
永遠に降り
その影におびえるものの
あとを絶つことがない
この地点だ
追われるもののうたが
怨念のように立ちのぼるのは

『ぶどうの復讐』カオスの会

彼は釣人の存在を通して、釣りあげるものへの〈ふるえる男の心〉を凝視しようとした。しかし、その営為はさらにその〈心のふるえ〉をより増幅させていくものでもあった。それにしても、その心のふるえは、いかなる理由で発生するのか、それはまたどのような方位をめざして影響をあたえようとするのであろうか。

ここでは、追うものと追われるものとの相対性のなかで、その真意を確認しようとしている。そのためにも、《追われるものの／敵意がつき刺さるとき》という視点を基軸としながら確認すべき方位を定めようとする。そのことは、ほかならぬ生存すべき存在を否定されようとする弱者の側からの認識であるといえよう。

その結果としてついには悲鳴にも似たエコーを発していくことになる。すなわち、《追うものの論理はつねに／追われるものの／ためにはなく／追うもののためにある》という叫びになる。その叫びの結語として《追われるもののうたが／怨念のように立ちのぼるのは》と断念していかねばならなくなってくる。

一つの死

見えない照準のなかで
男は虫けらだった

虫けらならば
小鳥を殺すよりもたやすい
弾は男の胸を射抜き
柔らかい砂に落ちて刺さった
男はそのにぶい音をきいて
昏倒した
焦れた夕焼空が笑い
さざめいて
男を囲繞し
つらい意識をよび戻す　だが
今さら狂い立ったとて何になろう
地に這いつくばった男は
それこそ地虫ではないか
男は夥しく血を吐いた
生涯の汚辱を一挙に清算するかのように
すると生の暗部から
波がひたひたひた　ひた寄せて

『ぶどうの復讐』カオスの会

男はこっそりその波に
まぎれこむ

山田はここで生への断念の意味をさらに自らの存在に問いかけるかたちで凝視する。しかしそれは、逆に何に照準を定めていくべきかの意欲すら喪失していくことになる。それほどこの問いかけは、自己自身の存在の意味すら喪失しかねない内心の危機をはらんでいる。

彼は地虫の存在を現実の一刻に立つ自らの位置として思いさだめようとする。それが、内心の危機を回避する役割を果たすと思うからだ。それは同時にその危機の意味の正面からの検索をあいまいにすることになる。

しかし実は彼の視ようとする自立の位置は、それほどまでにあいまいさにぼやけた場でしかなかった。すなわち生きてあるという実感は、汚辱にまみれた意識の集合体であるということだ。それは同時に地虫の彷徨に過ぎないほどの存在の方向性しか持ち得ないものであるという規定にもつながる。

けれども彼がつきつめたいのは、そこより派生する生への断念ともいうべき思い入れが、死への決定的な要素とはなり得ないという空虚さについてであろう。その空虚な意識

の空間にこそ現代という時代を生きる人間の姿がうつしだされているのではないかという
危惧感をこの詩を通して表明しようとしているようだ。

公　園

周囲《ぐるり》を樹々がとりかこんでいる
その樹々は叫びを隠し持っている
叫んだとて何になろう
生きているものは愚かで
死者の声など
聞く耳を持たないから
ブランコやすべり台や
砂場に戯れる子供らには
行ったものは
必ず帰ってくるのだが
ちょろちょろ水を出す噴水池の
まわりに腰を下ろす老人達には

行ったものは帰ってきたためしがないのだが
樹々はかたくなに沈黙をまもろうとするのだが
まもりきれなかった部分で
かすかに呟く
生きている者は愚かしく
その愚かさのためにおれたちは生命を落したと
夕暮れの中を子供らは帰っていった
だが老人達は
帰っていかなかった
樹々になってしまったから

『ぶどうの復讐』カオスの会

先ほどのべた生の存在と死の間に横たわる空虚な意識の場の危うさはこの詩でもさらに強調されている。生きるという時間の一過性の極に死という場を予想させようとするのである。その場は、《まわりに腰を下ろす老人達には／行ったものは帰ってきたためしがないのだ》という断言まで用意することになる。

このような断言を通して、それに痛切に共鳴すると同時に、それと違った不協和音を同時に感じとるのである。現実に存在を許されるものとそうでないものとの区分が、あまりに明白であるからだ。

それだけに、生の存在にかかわる意味が有限の時間の範囲でとらえられてしまうという恐れを抱くことになる。もちろんそれだけではないのだが、生の存在そのものへの感慨が、かなりペシミズムに傾斜しているようだ。

また、それにともなう失意の増幅の場が拡大される結果、死への可能性は理解できるとしても、生の条理を求める可能性は非常に希薄なものとして、感受されてくる。もはやそこでは、生きる一刻に対する希望性はある種の断念をはらんだものとしか理解できない。《だが老人達は／帰っていかなかった》という一行にこめられた思い入れは、はたしてどのような理由で、そのことばの持つ意味を説明していくのであろうか。

森をきりひらくとは

森をきりひらくとは
どういうことか
樹木をささえているのは
猫や犬や牛や鳥や人間の

死者たちである
自然死をとげたもの
病気でやせさらばえて死んだもの
撲殺されたもの
首をくくって死んだもの
射殺されたもの
狂死したもの
爆死したもの
突き殺されたもの
それら死因の一切をとわず
死者たちこそ樹木をささえ
森をささえているのではないか
しんかんとした森にいて
なお耳をすませば
聞えてくるのは
死者たちの怨念の呟きである
それは死者たちの生きている証

森をきりひらくとは
死者たちから生命を
奪うことである
森をきりひらくとは
生きているものから
死者を奪うことである
森をきりひらくとは
生きているものから
生きることを奪うことである
ああ　森こそ
死者を生かし
生きているものを生かす
蘇生の場だ
きりひらかれた森の地底から
人よ
死者ですらなくなった死者たちの
ひき裂れた声が

かげろうのように立ちのぼっている

『ぶどうの復讐』カオスの会

彼の詩において、生と死の相関性を問うモチーフとして、樹木と人間があげられる。人間は過去と現在を通過するものであり、樹木は未来を明示するものである。

《樹木をささえているのは／猫や犬や牛や鳥や人間の／死者たちである》と断定する。《死者たちこそ樹木をささえ／森をささえているのではないか》とくり返しその意味を強調しようとする。

しかしそこで判明するのは、実は生の存在としてある樹木は、人間等死者たちによって支えられているという事実である。彼等の生のプロセスが、実は支えるべきもののためのものではなくて、死の結果として支えさせられていく運命を背負うものとして描かれようとしている。

特にここで強調されるのは、生の存在を維持させるものとして、死者の累積の存在が必要であるということである。しかしそこより発せられる息吹は現実のエネルギーに直結するものだとは限らない。

すくなくとも生存への背理に打ちのめされた記憶のいたみを樹木を通して生の存在に浴びせかけているともいえる。それはいったい何なのであろうか。《なお耳をすませば／聞こえてくるのは／死者たちの怨念の呟きである》とうたいかけるこの詩の根底よりにじんでくるものは生の否定であるともいえよう。

ここで生きるということを許される存在は、それを維持するための活動を展開するものである。しかしそれは、自ら以外の存在を圧倒し消失をはかろうとするものである。この詩での〈きりひらく〉はまさにその場を〈きりひらく〉ことである。

その営為のくり返しのなかに、生と存在の相関する場があるとすれば、その場は崇高といえるような希望をはらんだものとはいえないということになる。そこに生じた失意は、どうにも止め得ない〈怨念の呟き〉となってくる。

このような視点でこの一行を理解しようとしたとき、生と存在の相関する場は、まさに人間と自然の相互のエゴの交叉のからみ合う場所であるということになる。現代を支える文明の流れをになう時間の只中に自らの存在を位置づけようとしたとき、そこには安易な生への希望性はさらに消失されていくことになる。

終連において《ああ　森こそ／死者を生かし／生きているものを生かす／蘇生の場だ》とうたわれることばは、あまりにも軽いフットワークで発せられるだけに、それがかえって重く下垂する痛ましさを実感させていく。

ぶどうの復讐

ぶどうを食う男は
ぶどうを売った農夫のように
いやしいのだ
ぶどうの種はその男の胃の中で
発芽し
褐色のつるをはびこらせ
口、鼻、眼窩からするする
真青な葉を茂らせる
男の肛門からは
荒縄のようにごつい根が
穢土に喰い入り
しぶとく生き付く
こうして
ぶどうの復讐は成る

『ぶどうの復讐』カオスの会

山田は森について、死者も生者も共に生かす蘇生の場と規定した。彼は存在と死とのかかわりについて、多様な定義を求めようとしてきた。現実からの消去を強いられるものの死についての関心が深かったようである。

それだけに、そのようなかたちでの死をもとめられたものたちが、あらためて蘇生の場を持ち得たとするならば、それはいのちの再生として感受せねばならぬことになる。さらには、そこで求め得た生の息吹はどのような方位で生の存在をはかろうとしていくのか。

そこに凝視の場を定めたとき、あらためて、いのちの再生への希望と同時に、その再生の営為に対しての深い嫌悪感を抱かねばならぬことになる。ほかならぬ生きようとするものが、生きようとするものを相殺し合って存在する場を確保し合わねばならぬという運命性を発見せねばならぬからである。

ここにおいて、彼が見出した〈森をきりひらくとは〉における蘇生のいのちの息吹の場は、一瞬にして相殺の場と化してしまう。そのような場に対する考察は、蘇生に対する肯定と相殺の場への意欲をつのらす生の存在に対する嫌悪とが相乗したかたちで、増幅してくることになる。

さらには、そのような場は生きる〈いやらしさ〉を感受させるような生臭さを覚えさせることにもなる。このような認識のながれは、この詩の結語において《荒縄のようにごつい根が／穢土に喰い入り／しぶとく生き付く》と断言していくことになる。その傾向は次のような作品にも色濃く反映されていくことになる。

料理

水槽の魚が浮上する
女が魚をまな板にのせる
手に庖丁を握っている
女児はよたよた
空間を泳いでいる
沼のしょう気が
部屋になまなましく
立ちのぼっている
釣人だった男の胆を
女が料理しようとしている
魚はすでにお腹を
裁ち割られて
ぬめぬめした臓物をさらしている

食卓はまるい口を
いやらしいほど開けて
待っている
血は水でうすめられて
赤錆びた鉄管をくだり
用水に流れ込んで
世界をへめぐっているのだが
あまりにも稀薄で
蒼ざめてさえみえる

『ぶどうの復讐』カオスの会

この詩を通して浮上してくるのは、生の存在を加重させる要素とは何かという問いかけである。《女が魚をまな板にのせる／手に庖丁を握っている》という連の始まりから、そこには明白な意思が表明されている。

女と魚を相対させることにより、いのちの存在の消去とそれによる一方の蘇生を殺意の表明によって、実証しようとするものである。そこには、女を通しての生の欲求とそれにともなう自らの係累の生殖を求めようとする方位が、明確に提示されている。

さらには《食卓はまるい口を／いやらしいほど開けて／待っている》と記しながら、その場が生の原点となる食の風景を突出させる。その瞬間その風景は、見たくもない嫌悪すべき場としてスケッチされていく。

このような場のなかで、その場を設営しようとした張本人である男もまた《釣人だった男の胆を／女が料理しようとしている》と生から死への方位に追いやられようとしている。

このあたりの生に対する彼の問いかけは、存在の肯定を求めながら、生の営為から発せられる意欲については強い嫌悪感を隠そうとはしない。そこには生の存在そのものへの強烈なペシミズムの加重がはかられていくのである。

しかしながら、現実からの消去を強いられたものの死については仮の死であるとする。それは蘇生のエネルギーとしてやがて再生のエレメントとして存在することになるのだ。

このような見方を種々な詩的観点を用意しながら、そこより提起される生と死の観相を明確に作品を通して映しだしていこうとする。それにしても、彼がそのような場を凝視しようとすればするほど生と死にかかわる存在の意味が多様にとらえられながら、それの輪郭がぼやけてくるのはどうしてであろうか。

考えてみれば、そのような疑問を感じさせてくれるだけ、現代という時代における生の存在の意味が、明確な方位をもちえないでいるのかもしれない。彼はその点をより自覚して、みずからの詩の位相を現在の一刻に照射させようとしている。

しかしそれは時代のもたらす閉塞感のなかでは、はっきりと把握することは困難であると考えられる。この詩集が編まれた一九七〇年代は新たな生への突出口をもとめようとするときでもあった。

この時期における彼の詩的苦闘は現在もなお続けられているのだろうか。彼の提示したこの課題は、今もなお、新たな解明を求めているだけに、その点での再認識をはかりたいものである。

村岡　栄ノート・詩集『地凍る外景』を通して――

生の条理への位置と父性への回帰の意味

ひとりの詩人の生きざまを照射するものは何であるか。それは彼の一編の詩のなかに求めることができよう。そんな思い入れで詩集を開くと、そこでパタンと明日という時間を拒否してしまおうとする断念にぶつかることがある。

その理由は何であるのだろうか。

青空

歓喜の、あるいは繁みの中の悲哀は
枝枝の角度から生まれ出る
あまりに希薄な影だ
少しばかりの悪意を露き出し
古びた術で挑んだとて

輝かしく着飾ってやることはない
自分の身は堪えないのだ

ミツバチの甘さより
騒音のような羽ばたきだけが
至ってすさまじい
生きた眼球は
熱の無い炎のような追憶を
危機として視ている
——とにかく、僕は青空に慰められている

『地凍る外景』不動工房
一九七八年（昭和五十三年）五月十五日発行

ここには自らの生きる時間における歓喜と悲哀は《余りに希薄な影だ》としか感受されないという理由がのべられている。「それほどに薄れた感傷の波動としてしか受けとめることができなかったのか。いやその一刻をそのようなことばでしか表記できなかったのか。いやその一刻をそのようなことばでいろどることでしか認知できなかったのか」という問い返しを持ったとき、不意にその問い返しをこの詩の一行に投げ返したくなってくる。

しかしそれは、〈生きた眼球〉は〈追憶〉を〈危機として視ている〉という断言に再びはじき返されてしまうことになる。

そうだとすれば、彼が生の一刻の只中で視ようとして、いや視まいとしても視ざるを得ない〈危機〉の理由は何か。

いったいそれはどれほどの共感すべき重さと内視のひろがりを持って読み手の胸壁をゆさぶってその波動を伝えてくるのであろうか、より凝視したくなってくる。

静かなる羅列

僕には憩うべき土地がない
巷は揺れながら呻声《うめき》
衆群の吐く臭気は樹草を枯らす
薄ら笑いを浮かべた踏み慣れたはずの小石は
狂おしい嗚咽を孕むだろう
もはや彩色された風景には、血液の余滴が

どうしようもなく降り注ぎ
『しょうがない』と嗄声で呟くのは僕

荒涼たる原野の果てに屍骸が埋まっている
黒煙は意識の底で旋廻する
屍骸の側に渦があり
その辺りを蝶は昇天しながら
浅海へと消え失せる
黄泉路をほど遠く顧みると
人は墓石の前で掌を組む
その口元からぼそぼそと言葉が洩れる
おん　あぼきゃ　べいろしゃなう
まかぼだら　まにはんどま　じんばら
はらばりたや　うん
と聴きとれる

咽喉仏の空鳴りが凍える日

紫煙を吐いたものの掌は鼻梁へ持って行く
だが胸の木槌は鳴り止まず
『嗚呼』と哭くばかりだ
捨てきれぬものを胸に孕み
捨てきれるものを胸に吊す
僕の指を通して感じられる
堪えきれぬほどの掌触りが
激しく獲得できる質量を持った欲望と
過剰な期待とともに
『父親』の掌のぬくもりを通して
僕のせき髄にぴくぴくとやって来る
それらがもう一度疼きはじめると
僕は新しい腫れものが
始動している事を思い始めていた

僕の眼球は夜を蝕む
突出した常識はすでになく

僕の掌の中で破滅するぐらいの情熱だけが
夜空を色どる星群だ
列なる家家
人は往き過ぎる
闇雲に走っては立ち止まり　走り去る
僕は幾日も夢を見た
最も忌わしい夢を
そういう禁厭が僕の上にある
もう僕には憩うべき土地がない

『地凍る外景』不動工房

彼にとっての〈追憶の危機〉を喚起する内視の風景はいったい何か。それは痛烈な自己の存在すべき場の喪失をしらせるモノローグを知ることから始まる。突き詰めてゆくとそこに残るのは苦渋にみちた嗚咽のなかから吐きだされる〈しょうがない〉というつぶやきだけだという認識を突きつけられることになる。

そこには果てしなくひろがり累積し続ける屍骸の山だけが風景として展望されてくる。手を合わせる人は皆意味不明の祭文の声だけをあげ、それがそれぞれの存在のあかしであるということになる。いや実はそのあかしこそが自分自身の存在を確認できる唯一のこの風景と自分をつなぐ絆ともなってくる。
しかしその絆はどこに自らの生の一刻をつなぎとめるサインを送ろうとするのか。それはまたどの方位をめがけて位置づこうとするのか。

『嗚呼』と哭くばかりだ
捨てきれぬものを胸に孕み
捨てきれるものを胸に吊す
僕の指を通して感じられる
堪えきれぬほどの掌触りが

（略）

ここではじめて自らの存在の無為を絶望的にとらえるなかで実は必死に自らの生の息吹の一刻をとりもどそうと切望しているのを発見するのである。
この『嗚呼』という間投詞に連ねられて発せられる感慨は、まさに〈捨てる〉〈捨てられる〉という動詞の重ね合わせのなかに波動する意識となり、はじめてここで掌触りの蝕感となって具体的な方位を求めることになってくる。

それはまた、〈質量を持った欲望〉として〈『父親』の掌のぬくもり〉にまで飛翔しようとするものである。すなわち、自らのいのちの極言を自らをとりまく存在という情況に対して打ちつけようとすることになる。

その〈情況〉そのものが、まさに存在を求めようとするリビドーの集積したエゴにいろどられるものだとすれば、それを突きぬけてさらなる明確な自らの生の方位を見定めたいという意欲にかられることになる。

しかし自らの希求する純粋の自我のありどころの位置を定めようとしたとき、それは実に無情なまでにはかない〈幻影の認識〉となり、そうとしか受容できないいじましさを発見することになる。

それはまた新たな自らの存在の位置に対する傷心ともなって、新たな失意と崩壊を意識させられてくる。それははてしないとまどいの詩の一行として記されていくことになる。

すなわち《闇雲に走っては立ち止まり　走り去る／僕は幾日も夢を見た》ということになる。それはほかならぬ全く未明の存在の情況しか発見できない《僕には憩うべき土地がない》という結語を用意するしかないということになる。

そんなとき、この結語にみられる《憩うべき土地がない》というモノローグはさらなるその認識へのコアを求めて自己凝縮をはかりながら、かぼそい存在の条理を見出そうとしていく。

この場合、村岡は意外と冷静に自分を取りまく現実の状況を〈詩の情況〉としてことばのメタファの世界へ移行させようとしていく。そのなかに新たな〈憩うべき土地〉を見出そうとしての自己投射を始めようとするのである。

沈黙する一本の臘燭

静かにだが力強く吹く風はその外芯を揺らす　響きは無く　どよめく人の波が慌だしく往き来する　そこに幾何学的に構築された思想があり　奥まったところに秩序の沼地があった　その秩序の沼地からは男の匂いのする邪気が血みどろになって屹立し　蝋燭のか細い明りを持って僕は昇天し始める

――静かに外芯が揺れる　揺れる仄かな光の交錯に激しく疾走する何か物体らしきものを見た　見たときからそれは気に掛かるもの

になった　まばゆさの中で揺らぐものは沈黙する一本の蝋燭だったのだろうか　暗流する未到の憤り　あの煌びやかな出芽から誕生の匂いがするのが堪らない　そこで僕の沈黙

　通り雨だ　絶望する黒い飛沫は肌を射るぐらいの激しさで地面を叩く　僕は憂い顔になった　雨の所以でもない　ちょっとした気持ちの揺らぎでそれは噴き上げて来る　渋いコカ・コーラの曖気の泡立ちが何んとも言えない躊躇《ためら》いを繰り返す　腹の底から満ちて来る現《うつつ》はほんとうに豊かな柔軟性を持って押し迫って来るだろうか　雨を見るといつか見た際限なく湧き上がって来る泉のような瑞瑞しさはなく　むしろ廃れた水溜りのような儚い居直りを持ってしまう

凪は
そそくさと炎に近づく

甘い余韻を残す炎は
地平線から顔を覗かす太陽の
あの赤みを持って
群れて　そして消える
闇を摩擦する衣擦れの音は
病んだ身体を弄ぶ
熱ある皮膚には石膏色に染まった街街が
幾重にも交錯し合い
打ち寄せる瞬間の波にも似た
白い空間が　深いまだ赤味のある
傷口を見せている岸辺に立つのは僕
だが沈黙する一本の蝋燭は
こよなくも熱ある病んだ身体を愛す

　静かにそして静かに外芯が揺れる　すべて
にこれほど薄くなる歳月は苦しい　苦しさが
びっしりと沁みこんでしまった僕の骨片は

それぞれ間隔をとって飛び交っている　あの
空へ　あの海へ　そしてこの空間に飛び交っ
ている　しかも実に鮮やかに飛ぶ　時折こん
どはドンドンと叩いて廻る越後獅子を踊る子
供のような身軽さで宇宙をつくる　そこにあ
るものが僕の沈黙——ほら聞えて来るだろう
沈黙する一本の蝋燭の滴る呻声が……

『地凍る外景』不動工房

いささか長い詩なのだが、あえてここに引用したのは、ほかでもない彼の求めようとする自らの存在を確認し得る着地点、すなわち〈憩うべき土地〉を見出す可能性を発見し得たであろうかということを確認したかったからである。

そこに彼が眺望するのは現実をいろどるリビドーの放散のなかに映しだされる生の条理というものであったといえよう。その条理の解明は彼の言う一本の蝋燭のあかりに託されていたといえよう。それはほかならぬ、凝視すべき彼の生の課題とは何かにせまる意欲ともいうべきものである。

やがてそこで彼が発見していくのは何であったのか。彼はほかならぬ生の発生を希望の存在と認知しようとしていたと思われる。それはどす黒い欲望の飛沫としてしか認知し得なかったと理解することになる。
　それだけに希望を持って自らの触感にまで把握させようとした意欲は瞬間〈沈黙〉を強いる一本のろうそくとなってしまった。それによってより深まっていく沈黙とそれにともなうより拡大する失意の方位の中で、まさに彼は転々として自らの心象風景のなかを彷徨せざるを得なくなってくるのである。
　この詩を通して彼の求めようとした生の条理はつまるところ希望と失意の累積していく自らの生の一刻を確認したことに終始したようである。それはまた終連の次の文に収れんされていくことにもなる。

（略）

　　　　　　　　すべて
にこれほど薄くなる歳月は苦しい　苦しさが
びっしりと沁みこんでしまった僕の骨片は
それぞれ間隔をとって飛び交っている

（略）

しかしこのような内的彷徨を続けながらも、遂にそれがありふれた感傷にのめりこもうとする自棄の場に自らを落ちこませないところにこの詩人の強固な生の条理への意志をうかがうことができよう。それだけに深い沈黙から脱出しようとする新たな意欲を感受するのである。

それはほかならぬ〈僕の骨片〉を不意に〈越後獅子の踊りの軽やかさ〉という詩の一行に転移させながら、それを新たな〈僕の骨片〉の結合に向けようとする生への意志にこそそれが発見されてくるからである。

それにしてもこのように〈僕の骨片〉とまでも自己解体を強いる状況への自立的な突出をめざそうとしたとき、そこには自らの「生きるとは何か」に対するどのような問いかけが生じてくるのであろうか。

このような問いかけを強く持とうとすると、そこに生ずる新たな希望と失意を同時に感受しつつ、それを乗り越えねばならぬ決意とその極点にある彼にとっての詩人の啓示を見定める必要がある。

彼はそれを次の詩の一行のなかに見出そうとする。しかしそれはこのさし迫った課題をのりこえるエコーとなっていくのか。

行程

身に纏ったオーディコロンの匂いが鼻梁を擽り抜けて行くとき、地殻が変動したのかと思うぐらいの揺らぎがあった。

背を重くしているものは何もない。何もないが、青空に押し潰されそうに背を丸め俯向き加減に歩き始めた僕。そそくさと先を急ぐ群衆は、素知らぬ顔で追い越し、僕を振り向こうともしない。

けたたましい地球の内部の憤りは、僕の十文三分の足元からドッと突き上げる。その反動で足を上げ、弱弱しく下ろす。地球への応答、それが僕の鼓動だ。

地球の肌を舐めるようにして歩いて行くと胃の腑を刺戟する景観が、僕の眼球を覆う。あれは遠い過去の幻影かも知れない。そう思ったとき、絞り出るように〈あっ！〉と呟く。
驚きは瞬時でない。断続的に、しかも鬱積し
た塊が徐徐に移動し始めている。抱え持って
いるものは薄れた感動であり、陽を避けた一
等いい、懐しい道である。

（略）

『地凍る外景』不動工房

この詩を読む只中で私は仰天した。なぜならばこの詩集を読むという一読者の立場において、何よりも自分たちが生きようとしている現代という時代の位相を俯瞰して突きあげてくるものは何かというテーゼをこそ求めたかったからである。

すなわち今一刻が存在と非在の相克する場であり、そのせめぎあいの只中に派生する歴史の波動がどれほどの生の条理を確実に形成していくのかというその思惟をこそ、ささやかな自らの参加したいとねがう詩活動のなかに求めたかったのである。この詩集を読むにあたっても、その取りくみの壮絶さを理解したいためにその営為を続けてきたのである。

そのような期待がはぐれてしまい、先ほどの大仰なほどの意外感をもったのはこの詩に

おいて彼が吐露する《背を重くしているものは何もない》という断言である。

この詩の一行に何か理由のない失望感を叩きつけられたようないたみを覚えた。しかしそれが瞬間読み手の過重な期待感からくるドグマのもたらすものであったことに気づかされる。

彼の断言が人間にかかわるリレーションを求める意識をはなれて突如〈けたたましい地球の内部の憤り〉に向けて《それが僕の鼓動だ》と自らの絶望から希望を探索する方位を求めようとしている。そのことは同時に無限に包囲されていく自己の存在と状況とのかかわりの重圧に対して機能的にメカニックな状況の正面から対峙するのではなく、もっと内なる存在を自立させている場と要素とは何であったのかについて逡巡を始めたといえる。

いやそれこそがより自らの人間のあるべき生の条理に近づく方位であると見定めたといえるかもしれない。それにしても〈〈あっ！〉という呟き〉のなかに再現される〈遠い過去の幻影〉を視るなかであふれでる〈感動〉とそれこそが〈一等いい、懐しい道〉という予見は、困惑する現在の一刻に押しせまる自己閉塞の情況に対していったいどのような希望をもたせようとするのであろうか。

行程

（略）

そこには遊びには飽きないだけのものがいくつもあった。そこにあるものは何んでも遊びの道具になった。小石であるとか、木片であるとか、あるいは大人の眼から見れば危険な物であるガラスの破片というような廃棄物は全て、子供の知恵で遊びの道具に変っていった。そして日が暮れるまで、疲れるまで遊ぶ。そんな遊びが楽しかった。僕らにとってそこは自由な場所だった。

（略）

『地凍る外景』不動工房

ここで村岡は現実に対する自己閉塞を強める自らの存在の危機に対して果敢に〈遊びの自由〉な場や時間を回復させるなかで自己救済をはかろうとしていく。

そこでは見事なまでに大人のいろどるエゴの日常の渦まく現代をジャンプして無垢な生の息吹の時間への自己回帰を果たしながら、あらためて新たな生の条理の発見の展望を試みようとするのである。

その展望への逡巡は、さらに時間を朔行したかたちでこの世に自らの存在をあらしめようとした瞬間にまで記憶の再生をはかろうとしていく。その詩心は、自らを全く無垢ないのちの存在者の位置に飾ることにおいて、まさにその座をあたえた過去に対して謝意を表しようとするのである。この詩はさらに次のように続いている。

（略）

僕に関わった人人。家主の林夫婦、僕を取り上げた産婆、肺炎で死にかけたときに救ってくれた老医師、彼らは一様に笑んでいた。
その笑顔は、僕の後にいる父にであり、母にであった。

『地凍る外景』不動工房

（略）

このように具体的にかつ細密に謝意を表すべき原点となる風景への溯行を求めながらも絶えずそこに引き寄せられていく自分とは何かについて凝視を忘れないのである。

そのような営為を重ねるなかで遂にこの「行程」の詩の終連の結語を次のようなことばで締めくくっている。すなわち《『宿命とは、それは僕達が絶えず現在に通じえる過去の幻影かもしれない』》

彼が今迄の自らの存在の理由を追求した苦渋の営為がこの『宿命』ということばに収れんされたとき、強烈なこの詩にかかわる違和感を感受したことも事実である。

この詩集を読むなかで、激しく波動を感受させられるのは、ほかならぬ生の可能性の条理の場を確立していこうとする意欲の発露と展望を期待したからである。

そしてその無限の意欲こそが新たな現代における人間疎外の断絶のメカニズムを打破して突出するコアとなるものであるという願いをこそ共有したかったからである。

そのような単純ではあるが率直な思い入れのなかでこの詩集の終末に記された新たな詩心の方位を興味深く感受した。

掌の光景

（略）

とにかく掌を通して悪魔は現われるがその
掌によって救われることも事実である　掌は
救世主の如く生きつづけている　ときには僕
の意志に反して動き出すこともある　そんな
とき決まって後悔するのだ

（略）

――朽ちた外壁はいらない　温もりを確か
め合った掌があればいい
ぎっちりと握り合うことで確かめ合った父
親と子供の絆　その掌触りは熱病にやられた
幼児のように燃えている　父親から子供へと

受け継がれたものはあの病いの床で朦朧としながら叫け続けた『父親』の生への執着
すべては掌から始まる……

（略）

『地凍る外景』不動工房

彼がよく突きだしてくる〈掌〉の名辞に込められる固有の自らの一切の存在意識が象徴的に問いかけてくるものは何か、それはほかならぬ自他を侵犯し合う〈悪魔〉と〈救世主〉が発動し合う欲望と無垢が交叉する認識と行為にふり向けられているのではないのか。

彼は自らの存在を生の条理に重ね合わせるなかで取り返しのつかない後悔に対して憎悪しながら、さらには至福に満ちた充足感の波動する時間をのり越えようとする自助の努力を発見しようとしている。そのような願いを結ぶべき絆として彼が最後に求めようとしたのは何であったのか。それはほかならぬ彼の言う〈掌〉にこめられた、思い入れであると同時に、生の条理を求める叫びであったともいえよう。

その叫びこそ彼自身の生の条理への彼岸をめざす熱意になるといえるのではないか。この熱意のコアともなる《がっちりと握り合うことで確かめ合った掌》の〈温もり〉こそ、この詩集のめざすべきエコーの踏み台ともなったといえるのではないのか。そうであればこそ、そこより発せられる詩心の連続的波動のフォルムに根ざすコアこそ眺望したいという感慨を新たにした。

それにしても、村岡の生きようとした現実と未来のはざまにしたたる苦渋の一刻を支えたものは何であったのか。それは恐らくこの第一詩集にこめられた詩編の数々であったといえよう。前にものべた自らの詩心を照射させるものとして〈掌〉をかざすなかで、そのコアとなるものをさがしてきたといえよう。その営為の結果として〈温もり〉とは何かのことばのなかに生の条理の意味を見出そうとしたのであろう。それはいったいいつの日に開花するのであろうか。そのときこそ、かれにとって最も会いたい詩心の父性にめぐり会うことができるというものであろう。

村瀬和子ノート・詩集『罌粟のリフレイン』を通して――

欣求するいのちへの奏歌

自らに対する不吉な予兆を感受するとき、風景はおのずから冬となる。身に染みる寒気と枯れ木と落葉の中に、埋められるべき記憶として残していきたいからだ。それがどのようなものであろうとも、生きるせつなさを問い返すものであるとすれば、それは永遠に消しがたい歌として地下深く共鳴し合って聞こえてくる。

雪あかり

「今夜は凍《し》みそうです」
嶮しく季節のきしむ夜
ストーブを焚いてあげようね
この秋も実らぬままに逝くけれど
接ぎ木したお前の傷口が疼きそうな夜

ストーブの芯は高くあげようね
十二月は受難の季節
哭きながら屹立する霜柱がある
わなないて舞い落ちるわくら葉がある
癒着した過去は一枚一枚はがさねばなるまい

石女は石の心
かっての夏の日
驕慢に嘲笑った孕み女の高笑いなど
お前は気にすることはない
失うものを持たないお前に
ひどく気楽な冬が来る
雪原の人拓に
悲しむことのないお前の季節

音立てて寒気が割れる

おいで　お前
この冬も二つだけのカップに
熱いミルクを入れようね

『罌粟のリフレイン』詩宴社
一九六八年（昭和四十三年）十月十日発行

ストーブを焚いてあげようねという自らへの呼びかけを通して、凍てた記憶の再生がはかられていく。そこに展開されていくのはひとつの受難の季節である。すなわち石女と孕み女の自嘲と非難の交差する一刻である。そのために霜柱は屹立し、わくら葉は舞い落ちる。

失いたくないものを失ってしまったという喪失の感情は一挙に冬と同化してその風景を一変させていく。しかしそこより生じる悲しみを危うくこらえて、かえってそれを冬の風景に押し戻そうとしたとき、自立のバランスはいじましいほどのもろさを露呈していく。そこには、新たな悔悟と失意が波打つように、コントロールしようとした冬の風景を突き破って自らの運命への呪詛を浴びせかけようとする。どのような概念の条理で説明されようとも到底理解し得ない憤怒と失意の波動だけが、今という一刻に打ち寄せてくる。村瀬はこの詩集のあとがきで次のように述べている。

《ひびが痛いと泣かれたことのない女は、湯上りの童女の頬にクリームをつけてやる優しさを持たない。妻であって母であり得ない女の不具は、いつもこの時点で疼いた。》

この思い入れは、この詩集のコアとして繰り返しその表現の波動を強めている。本書が、戦後二十三年余を経て刊行されたことを思い返したとき、女性と時代の関係性が改めて問い返されてくるのもいささか興味深いことである。戦後半世紀以上経った時点で、このあとがきを読み返すと、なぜかある種の古めかしさを感じる。それは何であるのかと問い返したとき、そこには現代を生きる女性が自立する伸びやかさを強く主張する位置を確保できるようになったのに比較して、戦中戦後の負を背負った女のいじましさと我慢強さが感受されるからである。

そのことは、一面においてこれが駄目ならあれで行くというような多様な選択肢のなかで生き方を求めるという安易さを拒否するという姿勢が影響しているともいえよう。いずれにしても吾が子を生み得なかったという事実に対して、徹底した自己凝視をはかろうとしていく姿勢がみられる。

そういう意味で、自らの生の一刻において、血を分けて所有すべきものを所有し得なかったという事実について、ことさらに強い哀惜の念を持っていくことになる。その思い入れが、どのようなかたちで詩のことばにつながっていくのか、あとがきのなかで次のようにも述べている。

「見せ合うものを持たない少女は……」こうして何時しか枡目に文字を埋めてゆく習性を身につけた。
執拗な迄に私は不具なる体内と対き合う。「えにし」と言う言葉が安易に許されるならば、不毛の秋をうたう女とそんな妻を決して見棄てなかった夫との出逢いを、ひざまづいて見つめたいと思った。

『罌粟のリフレイン』詩宴社

彼女がここに述べたような喘ぎをひとつの叫びの形象化を通して言葉への下垂をはかろうとしたとき、それはまた「えにし」の持つ意味への問いかけをふくらませていくことになる。

月蝕

子供を産まない妻は
例えば片側だけの地球
春と夏の欠けた四季のようなものだ

片肺えぐった貴方が
肩をそびやかして歩くように
失うものを持たないわたしは
気楽さをうたう足あとのない旅

欠けている
欠けている
つぎはぎだらけの赤い月
だからわたしの中を吹き抜けるのは
空っぽと言う秋と冬だけの凪なのだ

『罌粟のリフレイン』詩宴社

《子供を産まない妻》に対して《つぎはぎだらけの赤い月》と総括しながら《欠けている》人間としての存在の理由をそこに見いだそうとする。それは彼女のいう「えにし」を持ち得なかった存在にしか過ぎなかったからである。そこには血を分けた分身を持ち得なかったという欠落の意識が、とぐろを巻きながら、生きる一刻の時間を激しく責め上げている。

それほどまでに「えにし」を持ち得なかったという点に自虐のことばを浴びせかける理由は他にはなかったのか考えてみる必要がある。思い返せば戦中戦後のある時期まで、家父長制度のもたらす影響は大きかった。一代一代をつなぎ合うことにおいて、より確実にその制度の充実をはかろうとしてきた。

そのような営為が家族の安泰と繁栄をもたらす要因ともなったのである。さらにその要因のコアともなったのが子どもであった。その子どもを持ち得た女の喜びは同時に家族の喜びとなり、それはまた、それを取り巻く家父長社会に連動していく。特に男子の出生はその喜びと期待を倍加させるものであった。その制度を維持するのには不可欠の存在であったといえるからである。

子どもを産まなかった妻が「えにし」を持ち得なかった存在だとするならば、それは自分の血縁の「えにし」を持ち得なかっただけでなく、自らを取り巻く当時の家父長社会の通念の「えにし」からもその存在は外されていくことになる。

この点について村瀬は触れていないのだが、無意識の包囲性は感受していたはずである。この詩集の内容のすべてが子どもを産めない妻としての視点から書かれたものである。それだけに、岐阜のような風土性のなかでこのようなテーマにアプローチしようとすれば、それなりの勇気が必要であったと思われる。

そのような気概を通して、彼女の言う《執拗な迄に私は不具なる体内と対き合う。》という自意識はより強められていくことになる。そのことはほかならぬ外からの家父長制社会の通念との対峙を強いられていくことにもつながる。このような意識の相克の渦の中で、唯一「えにし」を感受させるものがあったとすればそれは何であったのだろうか。その点についてはは前にも引用したが、彼女はあとがきで次のように述べている。《「えにし」と言う言葉が安易に許されるならば、不毛の秋をうたう女とそんな妻を決して見棄てなかった夫との出逢いを、ひざまづいて見つめたいと思った。》

現代の若い女性がこの一文を読んだなら、どのような感想を持つだろうか。恐らく奇異な想いでこれが「えにし」なのかと問い返そうとするかもしれない。ひざまづいて見つめねばならぬほどの存在であるのかという反語のなかにおいてである。しかし半世紀前の時代の位相のなかでの子どもを産めない女にとっての位置は、かほどまでに真剣な思い入れのポーズが必要であったともいえるのだ。

家父長制の崩壊する只中で、分かち合うものを持たない男と女が「えにし」の確かさをどのようなかたちで確認し合っていこうとしたのであろうか。

病鶏を飼う男

「卵も産みよらん　もうつぶしやぞ」
とボクが怒鳴ると
「つぶしてもスープも取れん」
と声立てて笑うお前
「よろず病い引受所」
毒づくボクに
「まだシンゾーだけは達者です」
ねそべりながら威張ってみせるお前

見切り時を失って卵も産めない病鶏を飼うボクを
世間では阿呆だと言うけれど
ボクは矢っ張りお前の小舎へ帰ろう

ボクがレンアイしても
貴方がそれで倖せならと

ノロケ話を聞くお前
たった一目でその人を見分けた時の鋭いお前

蔦紅葉がいろづく頃はその人の嫁ぐ日
ボクはお前の胸で声あげて泣こう
アナタの悲しみはわたしの悲しみ
気障なことを言いながら
お前はボクの傷をなめてくれるに違いない
そして紅志乃をその人に贈ろうと言う

ごらん
来年は水晶婚
よくもまあと世間は呆れ返ってみせるのだが
お前は既にボクの一部となって
故障だらけの時計のような
やさしく哀しい時を刻み続けるので
ボクは卵を産まない鶏を飼う阿呆な男でいようと思うのだ

『罌粟のリフレイン』 詩宴社

ここでは暗喩のきいた視点から、所有し合うものを持ち得ない男と女の関係性を凝視しようとしている。そこでの「えにし」の深さを測定しようとしている。そこでは男は対外的に阿呆な存在と言われレンアイすれば一目で見抜かれてしまう羽目となる。また女にとってそれは男の背信行為であったとしても、許容と理解を持ち合いながら解決していこうとしている。

何も世間に対して特別違法な行為をしているわけでもないのに、ある種の自棄性と負い目意識に身をさらしながら生きようとしている。そこに当時の世俗の通念の波をかぶらねばならぬ時代の運命性と「えにし」のかかわり方が曲折しながら浮上してくる。

それだけに、男と女の「えにし」を形成する要素としての見せ合うものの存在がより強い絆を生み出していくことを暗示していくことになる。そのようなかたちで漂流する自己確認の意識の流れを通して確実に放心の域を広げていくことになる。すなわち、血を分けた分身を持ち得なかった者としての負の位置から下垂していくことになる。

啼かない夏（還らぬ吾子篝に）

抱き合うたと見せたは夏の気紛れ
夜明け一つの妊りは空と湖《うみ》との青さにわかかれ
いたずらな夏のくちづけは
くっきりと長い水平線を引いた

振り向くことはもうお止し
夏の遺した麦藁帽を
二度とあの子はかぶらない

夏は啼かない蝉の抜け殻
花さえ咲かないぼくらの過去に
蜉蝣色のやさしい記憶

コールチャイムはもう外そう
待っていることの音色と

来ない哀しみとの協和音が
レクイエムのように次第に高鳴る夏を
妻よ　目を閉じて聞こう

蝉がらを残して
夏は記憶だけが美しい

『罌粟のリフレイン』詩宴社

所有すべきものを所有し得ないという運命のもたらす背理について、ここでは次第にその一刻への断念の表情を強めていく。その表情を過去の記憶のなかへちりばめていこうとする。

殿岡辰雄は人間の感情を一番強く端的に表現することばは間投詞であると述べている。ひょっとすると彼女のこの詩における哀しみの記憶はそのようなことばに収れんされるほどに、放心の時間の累積のなかに広がり続けていたかもしれない。

その広がりの意識の波浪のなかに、新たな失意と呪詛が重なり合うようにしてうねりをみせてくる。その胸奥にきしるうねりの泡だちをこそ、詩のことばに刻印したいと願いつつそれは新たな焦慮と諦念に押し塞がれていくことになる。それを感受するなかで、さらに新たな放心を見いだすことになる。
　そういう意味で子どもを持ち得なかった運命性を共有したと思われる詩人中原中也はどこにその放心の位相を定めようとしたのであろうか。

また来ん春……

また来ん春と人は云ふ
しかし私は辛いのだ
春が来たつて何になろ
あの子が返つて来るぢやない

おもへば今年の五月には
おまへを抱いて動物園
象を見せても猫《にやあ》といひ
鳥を見せても猫《にやあ》だつた

最後に見せた鹿だけは

角によつぽど惹かれてか
何とも云はず　眺《なが》めてた

ほんにおまへもあの時は
此の世の光のたゞ中に
立つて眺めてゐたつけが……

中原中也『汚れちまった哀しみに』集英社文庫

中也にとって、死児との生活の時間が現実に存在し得たことは、それだけ記憶の再生がより具体的であったといえる。しかしそうであるほど、彼はその時間への没入をはかる前に、周囲に対して、また自らに対して、同時に来るべき時間に向かって予想される事態への結語を吐き出してしまっている。

それを冒頭一連のなかで位置づけながら、逆に断念の深さを自らの意思として表示する。またそれを通して、自らの無限の放心のうねりを吐出していく。

春が来たって何になると言いながら一切の希望の視覚を持つことを拒否するなかで、かえって喪失した存在を必死に探し出そうとする焦燥感がより不安と痛惜の念を増幅させてくる。視覚的に対象の移動を明確にしながら、みずからがその対象に働きかける意志をより深い愛の認識として動物園全体にあふれさせようとする。
しかし、その至福に満ちた思い入れは終連の一行によって不意に断ち切られてしまう。そこに拡散する失意と断念が容赦なくあてどない放心のうねりをもたらしてくるのである。

中原・村瀬に共通するものは、所有すべきものを収奪される運命の不条理に対する呪詛の想いであろう。ただ、それを自らの生きる一刻において、どのように諦観の位相を定めていこうとするのかが感受する意識の分かれるところであろう。

特に村瀬の場合、子どもを持ち得なかったということを女の哀しみとするならば、その哀しみが戦中戦後の女の生きた時代と家父長制の歴史とのかかわりのなかで息づく一瞬がどのような視点から試掘されようとしたのであろうか。

その点を考慮しながら、敗戦後の制度や規範からの解放を求めた女性たちの自意識はどのような発露を求めていこうとしたのか考えてみたい。

わたしが一番きれいだったとき

わたしが一番きれいだったとき
街々はがらがら崩れていって

とんでもないところから
青空なんかが見えたりした

わたしが一番きれいだったとき
まわりの人達が沢山死んだ
工場で　海で　名もない島で
わたしはおしゃれのきっかけを落してしまった

わたしが一番きれいだったとき
だれもやさしい贈物を捧げてはくれなかった
男たちは挙手の礼しか知らなくて
きれいな眼差《まなざし》だけを残し皆発っていった

わたしが一番きれいだったとき
わたしの頭はからっぽで
わたしの心はかたくなで
手足ばかりが栗色に光った

わたしが一番きれいだったとき
わたしの国は戦争で負けた
そんな馬鹿なことってあるものか
ブラウスの腕をまくり卑屈な町をのし歩いた

わたしが一番きれいだったとき
ラジオからはジャズが溢れた
禁煙を破ったときのようにくらくらしながら
わたしは異国の甘い音楽をむさぼった

わたしが一番きれいだったとき
わたしはとてもふしあわせ
わたしはとてもとんちんかん
わたしはめっぽうさびしかった

だから決めた　できれば長生きすることに

年とってから凄く美しい絵を描いた
フランスのルオー爺さんのように
ね

茨木のり子『見えない配達夫』小学館
二〇〇九年（平成二十一年）十一月三十日発行

この詩を通して、茨木は敗戦後の日本と女性の位置を健康で向日性にみちた瞳で確かめようとした。特に五連にはこの時代と人間に寄せる自意識の高ぶりが強くにじみ出ている。

《わたしが一番きれいだったとき／わたしの国は戦争で負けた／そんな馬鹿なことってあるものか／ブラウスの腕をまくり卑屈な町をのし歩いた》

ここで茨木の詩を取り上げたのはほかでもない、同時代女性の生の位相を求めながら、茨木のり子と村瀬和子の自己表現の取り組みの差異について考えてみたかったからである。茨木の場合には、状況を現実的にとらえながら、なおそれを通して自己解放の意欲を旺盛に吐露している。

この時代が戦後の価値変動の時期であればこそ、それもまた新鮮な許容度を持って人々に受け入れられていった。茨木の詩が《ブラウスの腕をまくり卑屈な町をのし歩いた》のように圧倒的な外向性を踏まえて歌われるのに対して、村瀬はどのような表現の位相を持とうとしたのであろうか。

村瀬はこの詩集『罌粟のリフレイン』の全編を費やして《子どもを産めなかった女》の存在と理由について追求しようとした。これは自らの生きる運命との対峙であったともいえる。

女性にとって戦後の解放された向日性の時代に、あえて内向の方向でその存在理由を確認しようとしたところに、この詩集の意味があったといえよう。だがその一方で、そこまで自我依拠の場を拡大させていこうという意欲を高ぶらせた時代であったと仮定するならば、それもまた彼女の生きる向日性を違ったかたちで求めようとする姿であったともいえよう。

そうであるがゆえに、茨木のり子が自らの女の座に生を確信して対峙しようとするのに対して、村瀬は女の座そのものを成立させている条件自体の存在理由を確認したいという願望が強烈であった。そのことは元来所有すべきものがなぜできないのかという問いかけにつながっていくことになる。

それはついに女の業ともいうべき果てしない憧憬と欲求の奔流に身を投じていくことになる。それがかなえられないことであると知ったとき、その願望はより失意と諦観の度合いを深めていくことになる。しかしこの詩集の特質は、その意識のプロセスをこそ詩相の鏡面としてそこに派生する憧憬や詛訴や失意の渦を映し出そうとしていることである。

そういう点で、自ら喪失したものへの放心の度合いは、中原の喘ぎの直接性に比較してより修辞的な細密さを通して歌われており、かえってその工夫が歌い出しの平板さをもたらす結果ともなっている。そのことはとりもなおさず自らの放心の位置と内容の曲折と濃淡をより明確にし得ない傾向を感受させることになる。

また、それに伴うモチーフ取り出しの角度にしても、茨木の場合同時代を生きながら何よりも自らの向日性を強烈に全面に打ち出している。

ここで対比の場をあえて設けてみたのは、この二人の女性詩人が、敗戦後の激変する時代の飛沫を浴びているからだ。もちろんグローバルな時間的距離においてとらえてみた場合である。いずれにしても村瀬の詩相の位置をより明確にしたいという思い入れがあった。

そういう点で、彼女の時代と自己にかかわる交差する場所は、女のいのちとエゴとの相克するうねりの只中であったといえよう。それを通して、まずみずからの解体をはかり、その障壁のなかから、持とうとして持ち得なかったものに対する憧憬と失意を自らの詩心に収れんさせようとしてきた。

みずからの存在理由をこういうかたちで確認しようとするとき、より大きなフラストレーションとペシミズムの波動に身をさらさねばならぬことになる。それはまた茨木のり子の情況への向日詩とは全く違ったかたちで生の理由を問いかけることになる。

それはまた現代においても、生の欲求とそれにかかわる業の意識の連鎖の響きを伴いながら、加重の度がよりのしかかってくることになる。持つべきものを持ち得なかったという思い入れを《執拗なまでに私は不具なる体内と対き合う》と述べながら、自らの願いを詩表現を通して具象化しようとしてきたという彼女にとって、どれほどの詩的欣求の場にたどり着けたかは、いささか疑問であるといえよう。

いずれにしても、このような苦闘を通して、彼女はみずからの詩的営為の帰結をはかろうとした。また帰結すべきコアとして、それを次のように記している。《不毛の秋をうたう女とそんな妻を決して見棄てなかった夫との出逢いを、ひざまづいて見つめたいと思った。誰も彼もが他人の中でこれだけはまさしく私のものであった。》

見方によれば大仰な感傷ドラマの独白かと錯覚しそうだが、不意に《誰も彼もが他人……》という一行に強烈な衝撃を覚えさせられる。まさしく自らに対置する他人とは何かを凝視しつつ、相克する男と女のリレーションの位置を定めようとするのである。それはまた、人間の愛とエゴの虚妄性を発見せざるを得ないことにもなる。「えにし」の仮橋はその奈落の河を渡る可能性を今なお持ち得るのかという問いかけを新たに感受させられる。

この詩集はそういう意味において、新たな生の条理を、愛と業との相関性を通して、再認識させようとしているのではないだろうか。

原　和男ノート・詩集『海の百合』を通して

豊満な幻惑に泡だつ海の彼方へ

この詩集より泡だつエコーはページをめくるたびに海鳴りの響きを拡大しながら行間にそのしぶきを浴びせかけていく。そのなかから幻惑に満ちた海辺の風景がせりあがってくる。その風景のなかを気まま勝手に走りぬけたり、立ちどまったりしながらどんどん欲に生の実感を充満させていこうとする。

原和男はその瞬間、海鳴りに共鳴する詩のことばを見つけだそうとする。思いっきり反り身になって潮風を浴びるために、吐きだすことばは全て海なる存在への賛歌となり、そこにはその賛歌への客観的凝視よりも、それを乗り越えたより主観的な自己没入がある。

クレヨンの海

太陽は輝きを増し風の強い日の海面は
「白兎が跳ねる」と呼ばれるにふさわしかった

半島の小さな海水浴場は予想外に
夏のなごりの日焼けした若者たちが
ビーチ・バレーやバーベキューを楽しんでいた

どこにでもある海の守護神を祭った
低い岩山の頂から岩場がつづいているのがみえた
亡き姉の愛した曲「太陽はひとりぼっち」で歩きはじめた
岩場に坐って眼が痛くなるまで海をみた
背後の岩と岩の間に浜木綿が一輪咲いていた
青ざめてゆがんだ蠟のようにみえた
ぼくの頭を砕く白い光のような叫び声をきいた

（略）

くつわをつけぬ白馬のような波が
遙か海のかなたから疾駆し
美しい白い砂浜に寄せてきた

ぼくは夢がうねりはじめるのを感じた
それは闇のなかで恐ろしい妖怪が生んだ
翼ある天馬になり詩の女神たちを誘った
おお平らな青石を重ねた壁が現れた
白い大理石を井型に重ねた塔が現れた
おおまっすぐ虚空へ先立ち声を破裂させ
方角を失った大いなる鳥の巣が燃えていた
波間には雄牛面の海がこちらをうかがっていた

『海の百合』狼境舎
二〇一〇年（平成二十二年）発行

うねり交う海面にしぶきをあげる海鳴りを聞きながら、彼は《岩場に坐って眼が痛くなるまで海をみた》と言う。その姿勢は海という存在を物理的に客体化して視ようとはしない。それよりもその風景のなかに、いかに自己没入をはかるかというタイミングをうかがっているようだ。いいかえれば、海という存在から感受するうねりのダイナミズムに呑みこまれて、そこより噴きあがるエネルギーをいかに共有するかという課題と意欲にかられてくるともいえる。

そのような思い入れのなかから、《ぼくの頭を砕く白い光のような叫び声》の詩の一行にアプローチするのである。彼が立ちどまる現実の風景に浮上する人間達は彼と同調する気配はない。クレヨンで悲しみをこめて海を描く老人や亡くなった姉のシルエット等が砂浜に存在している。

しかしそのような人間のなりわいの内に生じた苦悩というようなものもひっくるめて、海鳴りのしぶきに投入させてしまおうとする。そして新たな波しぶきのなかに浮上するいのちの幻惑の風景を再生させようとする。

ごめんあそばせ

島の船着き場の案内板は
文字も地図も消えかかっていた
迷ったときは海辺へ神社へ
ゆっくり歩きはじめた

（略）

風がやさしくぼくの耳もとでささやいた
きみはきみの秘密をこじあけない樹が大好きだった
きみは樹のなかに透き通った王様の笑い声をきいた
きみは海を知らないのにひとり原っぱで波の穂を演じた
きみはきみが自然から仲間はずれの夢をみて泣いた
きみは風に向かい空中で動かない天の鴉になれると思った

（略）

ぼくは眼を空の孤島に移し風にささやいた
どこかで始源の叫び声を上げる雄鹿がヤシを夢みている
どこかで虚無に挑む悲壮なライオンがシュロを夢みている
どこかで囚われの墓にこだわる蜜蜂がソテツを夢みている

道ゆくひとはくるひとも
追い越してゆくひとも少ない
人懐っこそうな小柄の老婆が

三日月の眉と魔法の草のような声でいった
そうあなたは鴉が好きですか
鴉だったら今年二月にみましたよ
別の島でね新しい仏塔の向こうの
枯れた松の梢に一羽とまっていました

（略）

『海の百合』狼境舎

海鳴りにゆれる海浜の風景につぶやき語りかけながら、その風景が容赦なくそのことばの響きにぬり変えられていく。そのなかから動物も人も新しくデフォルメされたいのちの存在として姿をあらわしてくる。そこに海鳴りに共鳴する新たな風景が展開されてくることになる。

そこには死を求めるような存在は一切あり得ない。希望を夢見ていのちの鼓動を伝え合いながら、その風景のなかにいのちのいろどりを描こうとする意欲にみちあふれた息吹が充満することになる。

海辺の花屋

「海辺の花屋に
ぜひいらっしゃい」
という美しい声
そのときいい夢だと思った

最高急潮時速十八キロ
海峡の町を
あてもなく歩いた

魚市場の近くに
花屋が一軒ひらいていた
「あっ、これだ」と叫んだ
招魂という名の花の香り
ハチが飛んでいておかしかった

わずか十九トンの旅客船で
小さな島に渡った
「花屋、ありますか」
といったら
「さあ」と笑った

花屋はなかったが
道端の小屋で
老婆が野菜を商っていた
少々花もあった
「島の二割は花がないのよ」

（略）

旅にでて夢を育む
光だけは十分の
ユーモアのわかる

『海の百合』狼境舎

島はいまや夏本番であった

遠く果てしない海への憧憬は、やがて海そのものが自らの存在を完全に象徴化させるものとして位置づけられていく。そこにある海の小島は、自らのいのちの安住の場所として、遂には花に埋められて希望という内なる思いをそこに飾ろうということになる。

そのような幻惑の風景のなかに身を横たえながら、海鳴りに対する賛歌を響かせ開花させようとしていくのである。そのような賛歌をどこまでも押しひろげて、その彼方に何を聞こうとするのであろうか。

雨乞いの神社

真夏の岬から数キロ離れたこの浜にたどり着いた
暑さで疲れはするがいくつかの海の姿を浮かべ
浜に打ち上げられた漂着物を意識して歩いた
黄色い花のカンナがみだらな女のように揺れ
大柄の黄色い花のトロロアオイを圧倒していた

堤の上で異邦の神のようなひげと獅子鼻の
眠たげな最初の老人が雨乞いの神社を語ってくれた

（略）

波に洗われた石垣の上に小さな神社があった
九世紀ごろの書物にも記載されているという神社だ
雨の神海の神農業の神として尊ばれてきた
驚くべきは神社のすぐ近くにある建物である

（略）

先程の老人だろうかたくみな櫓さばきの小舟が
二人の野球帽の釣り人がみえる突堤に向かっている
おおそのとき後ろで何かの気配がして振り返った
少年が一本足の雨鳥のように片足で飛びはねながら
「雷鳴るぞ雨降るぞ雨鳥またまたやってきた」と唱えた

『海の百合』狼境舎

自らのいのちにかかわる幻惑を海鳴りに没入させ、そのなかに存在する喜悦のハーモニーを内視の世界に共鳴させることにより、より高揚するいのちの新たな賛歌を求めていこうとする。そのような思い入れは遂には神の啓示にまでたどり着こうとする。そこに内在する海に対する憧憬の心情を、現在を生きる実感として転移させるような場を築きあげようとする。

そのような営為をくり返しながら、この詩集は内なる海への自己回帰をめざしてひとつのエコーを発していく。それはまた未明の時間をめがけて自己再生をはかろうとする願いでもあるといえよう。

海よ

とりわけ　寡黙で執拗な　老漁夫よ
　汝のまなざしは
　　遙かに遠く　薄明の　あやかしに
そして　海をも　生き生きとさせ………

光あれば　美しき　光の貝殻
　無限の一部をつかみ
　　騒ぐ海鳥を　怒鳴り　逃げる波を追う
裸身の子供たち　手に負えない　無上の笑い………
海よ　お前はいま　狂える竜
　烈風に　巨大な眼を　えぐられ
　　暗雲の間の　鋭い光に射られ
おお　呻き渦巻く　大海原よ………

『海の百合』狼境舎

自らの内なる語りを海景に引き入れ、その思い入れのたかなりを海鳴りの響きに反転させようとする。そこに絶え間なく放出させる言葉の渦は、現在が内包する未明の一刻をめがけてどのような存在の位置を求めていくのであろうか。そこにこの詩集より発せられる新たな生に立ち向かう意欲のエコーを期待していきたいものである。

田中元信ノート・詩集『遠き海鳴り』を通して——

無垢の抱擁への一刻を求めて

人は過ぎ去った時間の累積のなかに、さらに今生きた一刻を積み重ねていく。そして自らのいのちの確かさを確認しようとする。その確認の過程で、改めて記憶の再生を図ろうとする。

母の日

母の日が来るたびに
　母を思う
母の日が来るたびに
　子なき妻を思う

母の日が来るたびに
　母なき子の一日を思う
母の日が来るたびに
　母と幼子の語らいを思う
母の日が来るたびに
　戦火に追われ行く異国の親子を思う

『遠き海鳴り』マナサロワール社
二〇一〇年（平成二十二年）発行

田中の詩の根底に流れるものは、まずいのちの存在を抱擁し得るものへの深い思い入れにあるといえる。その思い入れを確かめるなかで、自らの抱擁の原点を母という言葉の内側に求めていこうとする。そのなかに自らの生きてある存在の直接的な関係性を求めながら、そこに抱擁され得るものとされ得ざるものとの狭間に横たわる現実の風景を凝視しようとする。

例えばこの詩は、《母を思う》の一行から始まり、次には《子なき妻を思う》という一行に移動していく。さらには《母と幼子の語らいを思う》とことばを継いでいく。母ということばは、子の存在との関係において成り立つものである。その成り立ちのかかわりを通して抱擁の認識を生じさせてくる。そのような両者の対位を通して生きてある温もりを感受し合うことになる。それが一方の欠落をもたらしたとき、必然的に抱擁し合うべき感受の場を喪失することになる。

そのような場を抱え込んだままその風景を凝視するということは、そこにはひとつの断念を見いだすことになってくる。母子の対位を持ち得る存在とそうでないものとにおける抱擁の場の落差があまりにも大きいということに気づくからである。

それだけに、その落差を埋めようとしたとき、そこには、その落差を受容せざるを得ない人間の運命性を感受することになる。その感受の場から流れ出ていく思い入れは、どのような方向を求めていくのか。

母子草

黄色い小さな花が
いつの間にか咲いて

いつの間にか散っている
母と子のほほえみのように淡く
母と子の語らいのようになごやかで
母と子の子守歌のように物静かに
咲いて散る

その名は母子草

『遠き海鳴り』マナサロワール社

ここには、母子草という植物名から触発されるイメージを通して、母と子のほほえみと語らいと子守歌をひとつのハーモニーとして開花させようとする。そのなかに、田中が絶えず求めようとする、抱擁されるものとするものの意識の高揚を結実化させようとする。それはまた、母と子の存在の対位によって成立することを暗示するものでもある。

しかしその母子の対位により成立する至福のときも、やがて彼は《咲いて散る》ということばのなかに終止させていこうとする。それはなぜか。先ほども述べたように、母と子の対位を持たない場においては、成立し得ないということを自覚するからである。

この自覚による断念は、そのような意識のなかでしか受容できない抱擁の場というものに対して、限りない痛みを感受するなかで新たな憧憬と失意の増幅をもたらすことになっていく。そこより派生するやるせなさや悲しみは、常のなりわいを通して、多様な憤怒や失意のことばとしてとらえられていくことになる。

曼珠沙華

曼珠沙華の寂しさは
小さく群れて咲いているのでわかる
曼珠沙華の悲しさは
野道に赤く燃えているのでわかる
曼珠沙華の秘めた想いは
毒を持つという根でわかる

秋の野に
ひとときの彩りを添えたかと思うと
実を結ぶこともなく

散っていく
空に少しでも近い所で
叫ぶことだけが
あの花の生きた証しなのか

あれはまさしく「天上に咲く花」だ

『遠き海鳴り』マナサロワール社

田中の詩はいささか感傷的なトーンのなかにモチーフの展開を図ろうとしていく。それだけに寂しさとか悲しさということばが直叙的に表出されていく。彼が、絶えず把握しようとする生の条理が、それを優しく包み合う抱擁の関係性によっては成立し得ず、崩壊され遮断されてしまう断念の意識によってしか受け止め得ないとすれば、感傷への自己回帰を図るところから再度出発せざるを得ないという一面をはらむことになる。

ここで彼はこの花を赤く燃える存在としてとらえることによって、自らの詩的意欲を高揚させようとしている。そこに自らを重ね合わせることによって、自らの内観をそこへ映し出そうとしている。〈秘めた想い〉という内観に彩られたそのような思い入れというものは、ひとたび赤く燃え上がったときには、それは〈根にある毒〉によって放出されたものであることを暗示させることになる。

それゆえに、《空に少しでも近い所で／叫ぶことだけが／あの花の生きた証しなのか》という結語によってこの花を叫びのシンボルとして位置づけようとする。と同時にその叫びは《実を結ぶこともなく／散っていく》という放散の結果をも暗示する。そこで得た断念は新たな自らへの生きるやるせなさの噴出口を求めていくことになる。

首切り役人

夏の日を浴びた
小塚原の刑場のまっぴるま
首きり役人が
刀を研いで待っていたのでございます
日はぎゃらぎゃらと
地上を残り無く
焼いておりました

縄に縛られた一人の男が
今しも
連れてこられたのでございます
男は
町人の分際で
武士に楯突いたかどで
処刑が決まったそうでございます

検死の役人が
席につくと
首きり役人は
咳払い一つせず
進み出たのでございます

男は一人の母親を残して
今切られてゆくのでございました
目隠しをした喉元が

かすかに動いております

日は
ざんざんと
天上から落ちて
乾いた土に
降り注いでおりました

首切り役人の腕が
音もなく上がり
一瞬
空気の摩擦音がしたかと思うと
あたり一面
真夏の蝉時雨でございました

『遠き海鳴り』マナサロワール社

直叙的な物語詩の場をあえて設定するなかで、彼が求めようとしたのは何であろうか。

包まれて抱擁し合う至福の場は、まさに生きる一刻において成就されていかねばならない。しかしそれは、いつか分断され放散していってしまう結果となる。彼にとっては、その不分明な一瞬をより明確なかたちで図式化しながら端的にとらえたいという欲求が高まってくるのを抑えきれないのである。ここではそれが、斬る斬られるという物理的な関係性のなかでとらえられている。

それは必然的に現実の上下関係、差別と被差別、信頼と背信、愛と別離等への連想を拡大させながらひとつの不条理の意識の高ぶりを表出させようとしていく。それは、彼にとっての抱擁されるべき存在の風景が分断され落下する一瞬のときであったといえよう。そのような一瞬をあえて具体的な図式のなかで凝視しながら、そこよりうねり上げてくるのは新たな断念への思い入れの噴出である。その結果として諦観に満ちた空疎な時間のなかに横たわる自らのシルエットを発見することになる。そこにはいのちの能動性を感受させる息吹は見当たらず、一切を停止した風景だけが表出されるのみだ。

春とピエロ

桜舞い散る風の中
道化のピエロが

踊り出す
どこで吹くやら
笛の音揺れて
手やら足やら道化た踊り
あれは悲しい春のピエロです

あれをやれ
これをやれ
お客様の声に
ついつい踊り出す
ピエロの踊りに
子供たちは
大喜び
奇妙な身ぶり手ぶりが
楽しいのでしょう
笑えない目の色を
ひょうげた化粧に押し隠し

春のピエロはぴーひゃらら

（略）

『遠き海鳴り』マナサロワール社

一見演歌風に語り出されるモチーフにピエロを取り出しながら、そこに現実の仮想を彩る人間の位置のいじましさを見いだしていこうとする。そこには、生きる一刻にかない得ぬ抱擁の位相が崩されたまま逆投影され、彼自身の断念のうねりが感傷の波動を通して映し出されていく。

そこでは外向をめざす怒りの意欲よりも、もっと平易なかたちで、自らを閉鎖させることを強いる日常の条理に対して、喘ぎのエコーを伝えていこうとする。そういう意味では、技巧で奇をてらい詩語の発掘に意を注ぐ立場のありように対して、より率直に叫びの詠嘆性を表出させようとする意図すらうかがわれるのである。

ことば

瓶が

ある日
音もなく割れることがあるように
語り残した言葉が
ある時
心の裂け目から
叫びはじめることが
あるのだろうか

『遠き海鳴り』マナサロワール社

生の一刻の真実をことばに託して重ね合わせるなかで、どれほど一体化することが可能であるのかという問いかけを発しながら、逆にその問いかけの空しさを実感する自らを発見していくことになる。

そのような姿勢から必然的に生まれてくるのは、さらに強い諦観の位相であろう。そしてそうでありながら、自らの生への実感をどこかで確かめたいということばの取り出しを求めたいという希望にかられることにもなる。

雨の伊良湖岬

ただひたすらに
海の果て見たし
海の向うに
何があるというわけではないけれど

『遠き海鳴り』マナサロワール社

彼が詩を書き続けるなかで常に求めてきたものは、無垢に包み合う抱擁の美学であったといえよう。それが生の狭間の中で、寸断されるたびに現実への憤怒となり、同時にそれが寸断される風景をなお打ち破り得ぬ非力感に打ちひしがれるとき、彼自身のことばもより諦観の位相を強めていくことになる。

そのとき噴き上がることばへの想いは硬直した意思表示であるよりも、よりナイーブな感傷の痛みを増幅させる方向をたどることになる。それはまた新たな希望への彷徨を求めていこうとすることばの可能性への反転の意欲にもつながっていく。

小春日

今日は風もおだやかで
裏の竹やぶも静かだ
雑木林は相変わらず沈黙を守ったまま
薄い光に照らされている

燃えてゆく日のための
今しばらくの沈黙
語り過ぎた日々の徒労を忘れ
山奥の小さなダムのように
新たなことばを貯えている

やがて季節の風の中に芽生える日
雑木林は何から語りはじめるのだろう

『遠き海鳴り』マナサロワール社

生きる一刻を凝視することは、新たな失意を累積させていくことにもなる。そこに諦観と断念の位相を眺望していくとすれば、詩のことばを通して生への可能性を失念させていくことになる。

田中はそれによる失意におちいる自らの危うさをよく自覚して、未明の時間への歩みを求めようとしている。すなわち彼の言う〈新たなことば〉を用意しようとすることである。それだけにその歩みの位置と視点をより確実に表出していくことがどれほどの可能性を持ち得るのか、今後に期待したいものである。

桂川幾郎ノート・詩集『わたしはわたしか？』を通して

日常を彷徨する極私の極点への位置

――――

絵のない漫画

わたし は わたし か？

わたし は わたし かもしれないが
わたし は たわし かもしれないし
「わたし は したわ」かもしれない・・・

わたしはわたし
であると
だれもがしんじている

そのことを
いままで
ずっと
ふしぎにおもってきた・・・

わたしのすきなきみの
みている
わたし

わたしのきらいなあいつの
みている
わたし

わたしのしらないだれか
の
みているわたし

わたしがみている
わたしだけの
わたし

そして
だれも
しらない
わたし・・・・・

わたしはどこにいるのか？
わたしはどこにでもいて
わたしはどこにもいない

わたしは光
わたしは風

わたしはこの世のあいだに漂うだけのわたし

『わたしはわたしか?』紫陽社
一九九九年(平成十一年)七月二〇日発行

『わたしはわたしか?』と自らが発するエコーに、この詩集の冒頭から〈絵のない漫画〉と称してすでに解答をあたえようとしている。まさに自らをとりまく全存在に対して新たな問いかけを発するのである。その問いかけはヤミクモに自らの存在の意味を自らを取りまく一切に対して認知させせなければ承知できないというほどに必死の自己確認をはかろうとするのである。

その結果はこの漫画絵図を通して察知する限りにおいて《わたしのしらないだれか/の/みているわたし》への幻視から、つまるところは《わたしがみている/わたしだけの/わたし》という自己認知の立場へと押しもどされていくことになる。

しかし大抵の人間ならこのあたりで、にっぽんリリシズムの甘い詠嘆の一部分に身をゆだねていくのだが、彼の場合、それにとどまらずなおも執拗に《そして/だれも/しらない/わたし》をたずねていこうとする。そのくせまたまたその旅の果てに予想する解答を自らに用意しようとするのである。すなわち《わたしはこの世のあいだに漂うだけのわたし》というようにである。

しかしそこにはまさに奇妙な軟体動物のような感性のおもむくままに生の条理に対する

否定と肯定とを交叉させながら、なおそこに人はなぜ生きるのか、いや生きたいのかという存在への希望を求めるフィルターを向けようとする。
そのような自らに対する世間の位置づけが終わったら、次のような所作を用意するなかで徹底した自他の確認をはかろうとするのである。

鏡の部屋

ここでは
私は私に取り囲まれて
私は私の繰り返し

（略）

見たくないものから目を逸らさないで
じっと目を凝らした方がいい

（略）

聞きたくないものに耳を塞がないで
そっと耳を傾けた方がいい

（略）

言いたくないことに口を噤まないで
ぼそっと口を開いた方がいい

『わたしはわたしか？』紫陽社

ここで自他の確認をはかろうとする意欲の発露の結果としてその結語が意外にも《ぼそっと口を開いた方がいい》という彼のことばに収れんされていくことになる。彼が〈鏡の部屋〉からとびだそうと意気ごんで発したエコーがどこかで聞こえなくなってしまったのである。

すなわち、呼びかけるぞという構えからどこかでなぜか立ちどまってしまった姿勢になってきたのである。

そのポジションの説明を次のような詩のことばに託しておこなおうとしていく。

わたしをめぐって

わたしは
わたしひとりでは
「わたしはわたしである」
と
いうことができない

きみがいるから
わたしがいて
わたしがいるから
きみがいて

きみがいて
だれかがいて
だから
わたしもいて

『わたしはわたしか？』紫陽社

日常という時間を生きる只中で、その時間をいろどる無数の事象にかかわり、そのなかで絶えず身をさらしてゆかねばならない〈わたし〉という存在とその意味を確認しようとしたとき、だれでもある種の感慨を覚える。それはほかならぬ自らのフラストレーションにおそわれる思いであるといえよう。そこよりにじみでてくる不安があるとすれば、その不安をもたらす意識のたかまりのなかで、どれほど〈わたし〉を〈きみ〉と相対化させることができるかという問いかけを持つことになる。

それは、さらに《きみがいて／だれかがいて》という一行をはさみこむことにより、〈きみ〉と〈わたし〉の存在感を〈だれか〉という不特定の一語の挿入により、より強固に浮きあがらせることになる。

そのような相互のかかわりがよりはっきりとみえ始めたとき、それは一体化した〈きみ〉と〈わたし〉ではなくて、各自が〈あいだ〉すなわち〈間〉をもった存在という関係性の上に結び合おうとする〈わたし〉であったことに気づくことになる。同時に〈きみ〉とのかかわりにおいて、さらには〈だれか〉のシルエットを加重させることにおいて、〈間〉をもった相互の存在意識は逆に相互のより深い存在の共有のあり方とそれとは全く別の分断の方位の亀裂をめがけるエネルギーを増幅させることにもなってくる。

このような思い入れのゆらぎを桂川は次のような問いかけのなかで観照しようとする。

こひつじのつぶやき

「かがみよかがみ　わたしはだあれ?」
「かがみよかがみ　あなたはだあれ?」
「わたしはわたし」といえなくて
わたしはわたし　のふりをする
『あなたのみている　わたし……』
『わたしのみている　わたし……』

『わたしはわたしか?』紫陽社

このようなかたちで〈わたし〉と〈あなた〉の存在を照合させるなかで、自らの存在の意味すなわち価値の重さを発見しようとする。

その価値の重さという思い入れが、〈あいだ〉すなわち〈間〉への過剰なほどの自意識の確認の必然性をもたらした結果によるものであることに気づかされるのである。
「あいだ」の詩の冒頭には次のように記されている。

（略）

あいだは愛だ
えろちっくなあい

（略）

この叫びよりにじみでてくるのは「ヒトはみな自らの存在の立証のために自存の生命の維持伸長のためのリビドー、すなわちその欲望をこそめざさねばならぬ」ということである。その行為の肯定を前提にしてこそ、彼にとっての《わたしはわたしか？》という問いかけに真っ向から対峙しようとする意欲も生じてこようというものである。
その意欲はまさに「愛」という思い入れに連結しながら、それをエネルギーとして「あいだ」をひろげていく意識を増幅させていくのである。
それにしても、この意識の増幅の場は〈あいとであいとおとことおんな─祝婚歌

I―〉の相対の場の発見のなかで、祝婚歌という場の設定のなかに《わたしはわたしか？》の問いかけのエコーをいっそう強めていこうとする。しかしそれは同時に愛との出会いすなわち〈おとことおんな〉という具象的な相対する関係性の場を《わたしはわたしか？》の場に向けて不意にそれを連結させるなかで単一の自己確認から相対する《わたしはわたしか？》という問いかけへと転化させていくことになる。

しかしそれはかねてから桂川が、絶対の自己追求をはかろうとした《わたしはわたしか？》というモチーフの脆弱さすなわち、それのもつ運命性を予見していくことになってしまったというういじましさをも発見していくことになってしまった。

ぼくは　いま

かけゆく　は
みにくくなる　め
いたむ　こし
しろくなる　かみ
なおらない　すりきず

こぼれやすくなる　なみだ
おぼえられない　なまえ
うすれてゆく　きおく

ぼくは
　いま
　　ゆっくり
　　　しのうとしているところだ

『わたしはわたしか?』紫陽社

ここではかつての純一な《わたしはわたしか?》という問いかけはその方向性をかなり鈍化させた方位のなかに彷徨の位置を求めることになる。

その認識が強まるにつれて、圧倒的に空虚な自己収奪の予見性がさらに自存の可能性をも打ち砕こうとしていくのである。

ぬけがら

ことばが
とおくに
ことばが
とおくに

からだが
むこうに
からだが
むこうに

（略）

だから
わたしのぬけがらが
こちらに

『わたしはわたしか?』紫陽社

ここでは、自らが自らに対してリビドーの意欲を主張するあれだけ強烈な意識の主体があえなく瓦解していってしまう。すなわち〈わたし〉を主張することばの意欲がはやくも身体と一体化した力強いリビドーの息吹をうしなってしまって、さらには〈わたし〉に向かっての自存の絶対性を確認させるようなエネルギーを喪失してしまってただことばのもつ観念的な呼びかけだけが放散されていくのである。その姿勢を、遂の自我意識のあるべき位置であったのかと自己確認したとき、彼は遂のことばとして、その確認の結果を〈ぬけがら〉と自嘲しながら放言したくなってしまったのである。

いったいその自嘲はかくも無力なかたちで、どこに自らの安定すべき収れんの場を求めていくことになるのであろうか。もちろん〈わたし〉からの呼びかけが〈あなた〉へと相対性を求めながらつなぎあう〈あい〉であるとするならば、それは彼自身のリビドーの息吹の延長に拡大されるものであり、一見そこには、《わたしはわたしか?》という強烈な自我自体の自己確立をめざす究極の問いかけは生と死のはざまにある存在の鋭角の遂の意志を未発見のままそしてその方位を見失ったまま放置されていくことになる。

しかし前にものべたが、彼はこの詩集を通して、この課題に対する結語をすでにあたえてしまっているようだ。すなわち「こひつじのつぶやき」と題する詩から始まって「ぼくはいま」「ぬけがら」に至る一連の作品からうかがえるように、アナーキーなまでの思い入れのなかで《ぼくは／いま／ゆっくり／しのうとしているところだ》とまで自らの存在の意味の可能性について規定しようとしているのである。

それと同時にこのような規定が自らの《わたしはわたしか？》の追求に全力を傾けた結果に対する解答を用意しながらも、もう一度自らの存在の意味を自らの生命の発生時に重ね合わせながら問い返そうとしていく。

おまえへ

―お母さんにかわって―

私の中に宿ったおまえ
私のお腹で一緒だったおまえ
大きな声をあげて私の外へと飛び出したおまえ
おっぱいを吸っていたおまえ
その頃はまだ
おまえは私だけのおまえ

一人で立ち上がったおまえ
「いや」という言葉を覚えたおまえ
生まれて初めて小さな嘘をついたおまえ
その時から
おまえは
おまえ
だけ
の
おまえ

私は
だから
もう
今から
おまえと分かれる支度
おまえが巣立って行く朝に
笑顔で見送ってやるために

『わたしはわたしか?』紫陽社

この詩では、これから巣立っていこうとする生命に対してそれこそある種の若々しい希望と未来性を予見させる〈わたし〉の自我に対するおもいがあふれて、生の至福を感受させられる。

この詩集を読みながら、自らの生に対する問い返しが強靱にふくらんだ、生に対する期待感とそれと表裏するように失意の波浪にもまれる時間の推移のなかでいったい何が《わたしはわたしか?》という問い返しの理由となっていくのかを確認しようとしてきた。しかし、そこより発見するのは、この詩人が冷徹なまでに自己確認しながら過ぎ去っていく時間のながれのなかに埋没させられていく生の条理のシルエットである。

このシルエットのうねりのなかで、彼自身の生に対する問いかけの時間が支離滅裂に破砕される瞬間、そのたびに彼は《わたしはわたしか?》と性懲りも無く悲鳴にも似た叫びをくり返している。

しかし、その叫びは本人も予想し得ないほどの落剥衰弱した様相を帯びたセレナードとなって自らの現実に存在するという自意識のゆらぎをどうすることもできないまま生の終焉に向けてのエコーに変容して鳴り響いていくのである。

メメント・モリ
―あるひとりの若者の死を悼んで―

（略）

Ⅰ（死の世界から）

広い
牢獄の
世界　こっちは
帰りたくても帰れない
冷たいけれどもここで生きるよ　俺は
残された人たちよ
立派に生きてくれ　そっちで

Ⅱ（あるまぼろしの死）

車を包む火
明け方の道路

生と死は背中合わせ
聞こえてくるのは哀歌
はかない自滅
忘れ物
心残り

『わたしはわたしか?』紫陽社

その鳴り響く叫びが自らの内奥に蠢動するリビドーの呼びかけなのか、それともそれさえもかなわぬと思うほどの〈わたし〉に対する失意と喪失感の伝達なのか、私にもよくわからない。

いずれにしても、この詩がひとりの若者の死に寄せるメッセージであることは間違いあるまい。それほどまでにこの作品は旧約聖書の引用やら自らのアフォリズムを重ねての生と死の断定の場の区分をはかろうとしている。

メッセージの相手になったり、自分がなりかわったり、この詩で言う《生と死は背中合わせ》を観念的体験から体感的理解へと置き変えてみようとする。かつて生存の旺盛な意欲の方位を求めての〈わたし〉よりも次の結語の方位に向けての傾斜をしていくのである。

聞こえてくるのは哀歌
　はかない自滅
　　忘れ物
　　　心残り

これはまた何としたことであろうか。死者を見送るべき葬送者としての存在の位置は遠く外れて、まさにその存在の意味を喪失したひとつの物体への合一を予見しながらさらには、それへの合体化をはかろうとすら願う自らの存在を意識するのである。

そのような意味から、この結語を彼のいう《わたしはわたしか?》という問いかけに位置づけたとき、それはまた、以後の生きるべき時間を《忘れ物／心残り》としか形容できないほどの認識でしか確認できなくなってくる。

そうであるとするならば、そのことはとっくに方丈記や平家物語のなかで語りつくされたにっぽんリリシズムの詠嘆と無常のほろびの美学にしかつなげないことになってくる。

いずれにしても一切の存在の意味がそこにこめられるとすれば、それはまた、その意味を支配する〈運命〉という概念に収れんさせていくことになる。自分の住むこの風土のなかで詩人と称する多くの人たちによって書かれた作品が、おどろおどろしいまでのリビドーの存在めがけてその生の命題を突きあげながら、遂にはそこに派生する一切の事象に〈諦め〉のいたましさや愛おしさをかぶせて終始しようとしてしまうという点で、平板な自らに対する詩心の終止をはかろうとするのである。

彼にとっても、そのような結語をこの詩集の結びの詩心としたいのであろうか。この段になると読み手自身にとってはなぜかある種の苛立たしさを覚えてくる。それはないものねだりかもしれないが、あまりにも彼の詩に対する問いかけが大仰なほどにつつましやかな出発ぶりを見せながら、後になって本格的に《わたしはわたしか？》と問いかけ始めたからだ。ここにおいて、とかく生の存在とは何かという発語はヒトの生きる時間の有限性を過分に抱かえ込まされる生の条理と、それにまつわる修羅の息吹の相関性の自縛と圧殺をせまろうとする対他の運命に対して、突如ひとつの自己開放のありようとその位置を確認しようとするのである。それはまた対他に生きる自らに対して絶えず追いつめられていく意識とそれを払いのけ遂に追いつめようとする自らのリビドーとしての存在感が激しくせめぎ合うフォルムを何処かに確認することになる。それはいったい何処にであろうか。

俳人山頭火がめざした〈自己放下〉の世界ででもあろうか。

西村の『ら』

——詩人　西村宏一氏に捧げる——

無頼にしむら
ぶらぶらしてら
にしむら
がむしゃら
へいっちゃら

酒を飲むなら
朝っぱら
ふらふら
どうやら
すきっぱら

きんぴら
てんぷら

かすてーら
バンカラ
ハイカラ
旅すがら

みだら
ふしだら
しごとがら

屋根裏
路地裏
舞台裏

さくら
ちらほら
夢枕

西村
パンドラ
エトセトラ
『わたしはわたしか?』紫陽社

実はこの詩集を読む只中で自分が激しく関心を持たされ続けたのが、《わたしはわたしか?》と果敢にも生の条理に対する自己対峙をはかろうとするこの詩人の意欲の持続性についてであった。

自らが自らに対して押し迫ろうとする詩的課題に対しての意欲の持続性が、はしなくも生の条理の修羅性より噴出する極端なテンションによって途絶されてしまうのではないかという危機感を持ったのである。

通常の小市民的な脆弱な立場からすれば、それは容易にちぎれてしまう自己対峙の姿勢であってもやむを得ないかもしれない。この詩に登場してきた主人公が《わたしはわたしか?》と問いかける情況においての存在の位置はいったいどのようなものであったのだろうか。

それはまさに、現実における自縄を強要する一切を拒否しようとするおおらかな存在を凝視するものである。《無頼にしむら／ぶらぶらしてら／にしむら／がむしゃら／へいっちゃら……》とあふれんばかりの形容詞で飾りながら、ある種の敬愛と自虐をこめて〈わたし〉に対する〈わたし〉が内なる自己救済をめざして現実に向かって突出しようとする方位を求めているのである。

しかし彼にとっては、それは全き自己のあるべきひかり輝く〈わたし〉の求めるべきシルエットとはちがう。彼はヒトが人であるべきもっと崇高なイデアともいうべきヒューマンリレーションを求めていたかもしれない。だが彼が〈わたし〉と生の条理のもたらす修羅性との相克の只中に〈わたし〉の存在を真っ向から対置させたとき、それはもろくも崩壊してしまった。すくなくともその相克から生ずる虚妄のリビドーの息吹に圧倒されたのかもしれない。

それに気づいたとき不意にこみあげてくるものがあるとすれば、一瞬自らを無にしておおらかな虚界の気流を浴びながらの花であったのかもしれない。しかし〈わたし〉をより生きようとすれば、それはより果てしない無限の〈せつなさ〉を抱かえながらの旅となるかもしれない。

この詩集を再読しながら、なぜか心ひかれていったのは、実はこの〈せつなさ〉にあったかもしれない。そしてこの〈せつなさ〉を招来させる日常に対する思い入れの修羅相克の場の只中にこそ《わたしはわたしか?》の極点の位置を認識させるコアが発見できるという希望を持ったのかもしれない。

極言すれば生きるということは全く〈せつない〉ことだという断言の上に《わたしはわたしか?》の問いかけが発せられていったのかと思うと繰りごとのように呼びかけてくるものがある。この詩人にはこのエコーを安易な詠嘆のリリシズムにのせることなく、そこより発する生の条理に対してさらなる問いかけを検証しようとする意欲を期待したいものである。

斉藤なつみノート・詩集『私のいた場所』を通して——

追憶に根ざすいのちへの回帰

一刻の時間の積み重ねのなかに、その一刻をいろどる日常の歴史が織り込まれていくとすれば、そこには忘れがたい記憶の風景がいくつか横たわっていることになる。その風景のいろどりのなかに記憶の再生を試みたとき、そこにはやるせないほどに生きたいのちのいとなみが、今という時間の流れに二重うつしになって浮上してくる。

そこに浮遊するシルエットのなかに現在のみずからの存在の位置を確認しようとしたとき、それはまた生きていることとは何かという新たな問いかけを発することになる。

私のいた場所

荷物をトラックに積み込み
ふりむくと
人のいない空っぽの部屋はいつも

がらんと広い荒野にかわっていた
カーテンをとりはずした窓
食器も何ものっていない流し台
床も　壁も……
私の暮らしていたのは
ほんとうは風の吹く荒野だったのだ

つかのまの住居を私のために装い
与えてくれていたその場所
カーテンのないガラス窓から
見知らぬ町の景色が見えた
ひっこすたびに
私がトラックに積み込んできたのは
いったい何だったのか

空っぽの部屋に

裏の林の梢に見えた星空をのこしてきた
坂道の上にしゃがみこんで眺めた
遠い町の灯ものこしてきた
そこが　私のいた場所だとわかるように

そして
いつかここを立ち去るときにも
私の小さな生命に与えられた場所を
もとの荒野にもどし
その場所に
やさしい風を吹かせ
木を植え
ほの明るい灯火のような花を植えて
しずかに去っていこう
そこが　私のいた場所だと
暗闇のなかでもわかるように

『私のいた場所』砂子屋書房

二〇〇八年（平成二十年）発行

この詩の結語はすでに一連の終行に表出されている。《ふりむくと／人のいない空っぽの部屋はいつも／がらんと広い荒野にかわっていた》というくだりである。生きてきた過去の時間を確認するなかで、それをたしかめようとすればするほど荒野は広がりをみせていくばかりになってくる。そこにかもしだされる荒野の内視の風景がみずからの生きてきた時間の不毛性を実感させることになる。

そのような思い入れがひっこしという場の設定のなかで展開され、読み手は、ところ定め得ぬさすらいごころを共有することになる。そこより多様なイメージにかられることになる。すなわち、自らの生きてきた時間と存在の関係性においてである。

そのような関係性をたしかめるなかで、つまるところ生の一刻を生きた理由は何であったのかという問い返しにつながっていく。二連のなかで《私の暮らしていたのは／ほんとうは風の吹く荒野だったのだ》と断言する。そのような断言をしながらも、さらには《私がトラックに積み込んできたのは／いったい何だったのか》と再度自己逡巡をはかろうとする。

そこには自分の生きた一刻を荒野の場所としてとらえたくないという強い思い入れの働きかけがある。ある種のはなやいだやさしいいろどりにみちた風景を重ねたいという願望がひろがるのである。

その場所に見出されるのは、生の時間に対するところ定め得ぬよりどころのなさとそうであっても生き得て来たという実感の交叉のなかで、それでもその場所を思い出のやさしい場所として位置づけたいという願望である。

そこから浮上してくるのは、そのような気持ちのゆれ動きからにじみでてくる生きるということのやるせなさとさびしさである。そうでありながらそのような思い入れを一切つつみこんで自らの内視の風景のなかにいとおしいものとして位置づけていこうとする。私たちは日常のなりわいのなかで、そのような一瞬をとかく感傷の域に押しとどめて処理しようとするが、実はその一瞬のなかに生の一刻を累積させていることを再考したいものである。

いずれにしても、このような思い入れは、この詩集の随所にあらわれてくる。

馬

土壁造りの馬小屋の
四角くくりぬいた窓から
馬は　いつも顔を出していた

窓の奥は暗く
そこから深い闇が始まるようで
うっそうと木々の繁る道からは
何も見えなかった

焚き付けの杉葉を拾いに
父と山へ歩いていった日にも
馬は窓から顔を出していた

その家で主の葬儀のあった日にも
馬は顔を出していた
顔を出して
弔いに集まった人びとの頭上遠くの
空を眺めやっていた

馬には顔しかないのだった

田を耕し
重い荷を負った体は
馬小屋の闇にとけて
きっと　もうないのだった

空にはいつも
碧い風が吹いていたから
顔だけが
忘れてしまった風景や
まだ来ない風景に
まなざしを
遠く
投げているのだった

『私のいた場所』砂子屋書房

馬の顔を通して記憶の再生がはかられるなかで、実は生きた時間に横たわる歴史への凝視が始まる。そこに浮上するのはいたいけないいのちの生と死の営為のシルエットのつらなりである。そのつらなりは、いずれも起伏のとぼしい動きのなかに、ささやかながらも懸命にいのちをつなぎ合って生きようとするいのちのながれを映しだしていく。

このように映しだされる記憶の再生の中で斉藤の凝視する内視は瞬間動かなくなってしまう。そこよりはらはらとこぼれ落ちる追憶のなかにあるいのちのありどころを確定しようとする。そして、それを確定しようとすればするほどそのありどころはぼやけてしまう。

そのような一刻を感受する瞬間に、今を生きるやるせなさがその風景に重ね合わされひとつのつぶやきをもたらそうとする。それはまた、《忘れてしまった風景や／まだ来ない風景に／まなざしを／遠く／投げているのだった》という方向に結語を見出していくことになる。しかしこのつぶやきの彼方に予想され見えてくる風景は、彼女にとってどのような生きる時間に対しての予見性をもたらそうとするのであろうか。

浜辺

——寝るの浜　行くじゃあ——
そういって　毎晩
祖母は眠りについたから

祖母の眠る布団の奥には
海があるのだった

たしかに
祖母の重い布団にもぐりこんで
目を閉じると
一度も見たことのないはずの海が
夕暮れのなかに浮かび
波の音が
間近に聞こえてくるのだった

茫漠とした砂浜がどこまでもつづいていて
祖母は
こんなに淋しい果てもない浜を
たったひとりで一晩中歩きつづけているのだ
老いた祖母の　淋しい眠りだ

この浜辺を行くものは
だれとも語りあえず
呼ぶ声も聞こえない
遠ざかっていったものの
後ろ姿を追いながら
暮れていく風に吹かれ
ひとり　歩きつづける浜だ

それでも祖母は
生きてきた長い日々の桎梏をふり解くように
痩せた手足を伸ばし
――寝るの浜　行くじゃあ――
そういって眠りにつくのだった
ひたひた寄せてくる波に
身をまかせるように

『私のいた場所』砂子屋書房

田螺

池はみどりの深い水を湛え広がり
杉の木立が　何十年あるいは何百年という
年月を固い樹皮でおおい
ものいわず　水面に黒い影を落としていた
そのまましずかに
風が水面を渡っていった

ところがある日
池は底ざらえのために水を抜かれた
池の底はどろどろのぬかるみ
田螺がごろごろ顔をだした
村じゅうのこどもが踊るように家をとびだし
「田螺　田螺」と叫びながらバケツをもって駆けつけた

（略）

婆ちゃんは皺だらけの手に釘を握り
田螺の身をひとつずつ殻からえぐりだす
田螺は淋しい丸裸になって　ポトンポトンと
バケツの底に積もっていった
田螺はきっと
初めから終わりまで何が起こっているかわからないまま
石ころのように死んでいっただろう
婆ちゃんはしゃがみこんだ手をとめて
「こんなに殺生して　おらひとり地獄行くじゃあ」
ぽっつり呟いた

（略）

『私のいた場所』砂子屋書房

祖母と私の関係性を追憶のなかにたぐり寄せるとき、そこにひろがる生の一刻の風景は何であろうか。そこには即物的に生の快楽をほとんど味わうことなく、心身をすりへらしていく祖母の姿が浮上してくる。その姿の内側には《だれとも語りあえず／呼ぶ声も聞こえない／遠ざかっていったもの》のシルエットが重なり「こんなに殺生して　おらひとり地獄行くじゃあ」と叫ぶ声がそこから聞こえてくるばかりなのだ。この祖母の叫びは敗戦後の飢えの時代を共有した者にとっては大多数の人間の叫びであったとも言える。

斉藤が祖母をモチーフにしながら、このようなかたちで過去の時間を表出しようとすることは、現在の生きる時間においても根深くその時間への吟味を続けていることでもある。その吟味を通しての問いかけのなかに、今を生きてある時間への解答を求めようとしている。

その問いかけが判然としないままであるとき、それはまた新たな焦燥感と不安をもたらしてくる。それはまた生の営為にかかわる弱者と強者の位置と憧憬と失意の輪廻の場を未来の一刻に向けて想定させることになる。そのとき胸中にこみあげてくるのは只生きてあることへのやるせないほどのいとおしさの実感であろう。

罅《ひび》

割ってしまった　右の手と左の手とが行き違

って　洗っていた皿がシンクの底に落ちた

（略）

時は雨垂れのように落ちていたのだ　皿の上
に　戸棚の中にも　床にも　低くはびこる羊
歯の葉をうつように　そして　風にふかれ
ひっそりと私たちのこころにも　私たちの存
在にも侵入してくる錆

（略）

『私のいた場所』砂子屋書房

このような思い入れを通して、さらに追憶と現在の時間の交叉のはざまに、生への問いかけの一刻は深められていく。それはまたさらに自らの出生の理由にまで溯行していく。

誕生

幾度も　幾度も
反芻されなければならない

おまえが
私そのものであった日のことを
私の闇のなかに
おまえの〈生〉のひかりを
感じていた日のことを

おとずれたものは
去っていかねばならない

問いだけを持って
生まれてきたものに
与えることのできなかった答えを

そのまま
私の闇に
問いつづけながら
生まれてきたものの
命の熱量を測っている

『私のいた場所』砂子屋書房

見果てぬ生へのたしかさを夢みながら、ついには叶い得ぬ時の流れに失意の闇を感受していかねばならぬことになる。そのとき、ふたたびとめどないやるせなさだけが詩の言葉となって紡がれていく。しかしそのプロセスを通して自らの抱く闇に向けての未明への意志が方向性をもとうとする点に今後の展望を期待したいものである。

『岐阜県詩人集』ノート

『岐阜県詩人集』の彼方へ

岐阜県詩人集（二〇一四年度）第二号が発行された。岐阜県詩人会が発足して三年目である。当初は狭隘な風土意識を脱して多様な実践を求めての詩論と作品を交差させての詩的活動の展開を期待して参加した。しかしそれは意外とクラシックなアナクロニズムを感受する方位を知ることにもなった。いささかの失意と諦観を実感することにもなっていった。

しかし、この詩集の作品群にふれるなかで、この風土に突出して胎動する詩心にも、いくつか出くわすことができた。自らの詩作に逆投影させていくためにも恣意的ではあるが作品の眺望をしてみることにした。

一、喪失の一刻への哭歌

人はときとして、自分の生きた時間をふり返ろうとする。そのときその時間が充実したものであったかどうかについての感慨を見出していくことになる。それが素直である分だけその感慨の意味を確認することになる。

わたしが遺《のこ》していくもの

中原眞理夫

わたしが遺していくものは
一人者の子供もいないから
古ぼけたあばら屋のような家と
朽ち果てた墓石の戒名と
他に何があろう

わたしが遺していくものは
誰にもあげる者がいないから
きれいさっぱりとお金を使い果たし
生まれたままの裸ひとつになって
死んで行こうと思う

それから誰も拝まない
私の遺影写真の一枚
しばらくの間　床の間に置かれ
いつかは　それも人の手によって
片付けられてしまおう
まるで絶滅の鳥のように
わたしの子孫は完全に絶え　終止符を打つ

わたしが遺していくもの
読まれることのない詩集二冊だけ
こんな阿呆な男がいて
この世の隅っこでぼやいていたという
夢の戯言《たわごと》ぐらいしかないだろう
やがてその詩集もゴミ屑に変り
書いても書かなくても
どうでもいいようになる

（一九九六）

『岐阜県詩人集第2号２０１４』岐阜県詩人会
二〇一五年（平成二十七年）二月発行

ここでは自らの生きた時間に対して、問いかけるものは全く意味のない存在と化したものであり、さらにそれを突きつめれば、その存在すら無為のものとしかとらえ得ないということになる。

このような心情のなぞりは、〈あばら家〉から〈墓石の戒名〉を伝い〈遺影〉の一枚に収れんされていく。そしてついには、そのような時間の集積による思想ともいうべき〈詩集〉も《書いても書かなくても／どうでもいいようになる》と断言することになる。

極言すれば、この詩において自らの生の時間の一切に価値を認めることなくその意味性すら感受し得なかったという感慨を持つことになる。しかしこのような思い入れを実感させただけ、その詩の主意を読み手に伝え得たといえる。

この生の一刻に累積されていったいとなみの事実は結果として全て忘却の時間へと収れんされていくことになる。その結果読み手は、生の無為性を強調する詠嘆のことばだけを感受させせられることになる。

このような感慨の傾向は次のような詩にも連なっていくことになる。

已に秋声

篠田　康彦

少年易老学難成
（少年老い易学成り難し）
一寸光陰不可軽
（一寸の光陰軽んず可からず）

いつ頃　どこで覚えたのか
全く記憶にないが
恐らく　少年期の終り頃だったろう。
青二才らしい傲慢さで
言われなくても分っている　と感じていた。

それなのに
一寸の光陰どころか
千秋の光陰をも軽んじて
幾星霜を無為に消光してしまった。

この余りにも有名な七言絶句の
題名も作者名も
すっかり失念してしまい……。

それにしても
前半の起承よりも
後半の転結のほうは
記憶の片隅に鮮明に残っている。
そして　後年　この二行にこそ詩がある
と　感ずるようになった。

未覚池塘春草夢
（未だ覚めず池塘春草の夢）
階前梧葉已秋声
（階前の梧葉已に秋声）

この詩にも生の一刻をかさねた時間の経過に対して、その感慨が詠嘆のエコーとして放出されている。ただし前者と比較して相違するのは、過ぎ去った時間に対する自らの生の営為への唯心的な成就性を求めようとしていることである。それだけに彼のいう《この二行にこそ詩がある》と指摘しようとする漢詩のくだりには、ある種の哀惜の情がこめられている。

このことはほかならぬ自らの生の意志と経過した時間との乖離の激しさを詩心として感受したからであろう。そういう点で中原の場合はより即物的なものや事象を通しての時間の経過とそれによってもたらされる結果について詩心の吐露がおこなわれている。

ただここで両者に共通するものがあるとすれば、それは共に生きる時間において願うべき充足の場があまりにも時の彼方に喪失させられていく事実をわからせてくれることであろう。このような感慨は、人が人生を重ねるにつれてしだいに深くなっていくといえよう。

このような詩相への凝視は詩人の年令の加重においても熟していくものである。そういう点で、かつての島崎藤村の時代のように詩は若き青春の日にといったような傾向は今や完全にとり払われてしまったようだ。ことばを変えれば、いのちに対する賛歌よりも、今存在してあることに対する自らの懐疑を深めようとする傾向がみられるということである。

この詩集を通して、これらの詩編が強い衝撃をもたらすとすれば、それはほかならぬこの詩の書き手の世代の自己閉塞感が強く押しだされているせいかもしれない。このような世代がつむぎだす感慨が、戦中戦後の混乱の時代を背負いながらのものであるとすれば、それはまた抜きさしならぬ自己喪失への痛みを倍加させていくともいえる。

そのような詩心の表出とは別に生きる一刻への充足度の達成を確認しようとする作品も多く見られたようである。そこには生の一刻を積極的に肯定するなかで、その一刻の運命性を凝視しようとする詩心の流れが強く自覚されている。

二、生の輪廻への順応の視点

百壱歳の大往生

小西　澄子

明治大正昭和平成を生き
燃えつくくような夏の日に
あなたは百壱歳の幕を閉じました
あなたはいつも穏やかに話し
大きな声など聴いた事もありません
小さな身体で四男四女を育て上げられました

四十五年前　新婚旅行の行き先は四国のあなたの家でした
三男の嫁になった私を我が娘のように接してくれました
母のない私が知った
母の愛でした

四十年前にあなたは寡婦となり
さぞや苦難もありましたでしょうに
あなたから愚痴の一つも耳にした事はありません
私が次女を出産の折には
二ヶ月ものあいだ三才の長女を預かって頂きました
時にはむずかる子を浜へ誘い
この海の向こうにお母さんがいるのよとなだめたとか
今はその子も母親になっています

最近のあなたは年相応もあって
身体の衰えを耳にしていましたが
香川県の海辺の町に住むあなたの家は遠く

すぐ会う事も叶わず心を痛めておりました
ようやくお見舞い出来た時
点滴を受け静かに眠っていました
それから三ヶ月してお会いしたのは
棺に眠る優しいあなたでした
顔色は艶やかで美しい百壱歳のお顔でした
どうか
向こうのくにに着きましたら
ご主人様や長男様次女様
そして私の夫に
健やかに過ごしているとお伝え下さい

一連の《母のない私が知った／母の愛》がもたらす二連《四十年前にあなたは寡婦となり》の存在から不意に生の全時間を収れんさせた大往生のプロセスがうたわれる。そこでは実直に自らの人生百壱年を生きた寡婦の行為が余情を交えず淡々と語られていく。その語りはいつか一行にうねるうたとなって生きた日の意味を問い返していく。それが改行されていくたびに反転しながら愛とは何かという問い返しのエコーを読み手に感受させていくのである。それはまた書き手が求めたい《母のない私が知った／母の愛》を自分の生きた時間の一刻に定着させようとする営為であったともいえよう。

しかしそれが、このようにストレートな書き出しのなかで表現されるとするなら、それはノーマルな生活概念の伝達に過ぎないのではないかと懸念することもある。けれどもそれを透過しながらなおアピールしてくるものがあるとすればそれは何であろうか。

それは書き手自身が激しく憧憬する視点の確かさにほかならない。そこには、〈無私の愛〉への方位を求めようとする強烈な願望がある。そのような思い入れは、ついにはどのようなことばで自らの詩心を表出するのであろうか。

形無きもの

長尾　岩男

空気が無いと人は生きられ無い
好い空気　悪い空気
いくら吸っても只　差別が無い
何処にでもある　尽きることが無い
形が無い　感謝

水はどんな形にもなる
生命の糧　水
一滴が谷となり大海となる
清き水　汚れた水
尽きることなく流れる
　形が無い　感謝

好い言葉が人を生かす
悪い言葉が人を殺す
好い言葉が自分を生かす
悪い言葉が自分を亡す
　形が無い　感謝

ころころ変る心
好い心　悪い心
善悪　一緒に住んでいる
どこにいるのか　わからない心

好いことを思うと好いことが来る
悪いことを思うと悪いことが来る
　　形が無い　感謝

夜が明ける　光が射す
万物が生かされる
何処から来るか光
宇宙の彼方の彼方
　　無限の力
形が無い　感謝

《空気が無いと人は生きられ無い》に始まり、《形が無い 感謝》の結語に収れんされていく。ここには、まさに、自然の摂理に生かされている自分という存在をあえて自覚するなかで、高揚する詠嘆としての詩心の発露がみられる。それだけにこの〈感謝〉の結語が、自己の存在理由と生の歴史に交差したとき、どのような深さと重さをもたらすものであるかということが問い返されてくる。

このように生きる時間における自己充実度の高さを確認しようとする意欲のあらわれ

は、自然に対する賛歌というかたちにおいてもよくあらわれている。

いのちの森

稲垣　和秋

森に入ると
どこからか
精霊がやってきて
何も言わないで
すわる
ただ黙ってすわる

（略）

人は小宇宙を持っている
森の歴史の中で過ごした記憶は
天雲の飛ぶ鳥となり
心の奥を漂う

人は心疲れた時
森に癒しとくつろぎを求め
山岳に登り天上の世界へと行く

（略）

青

坂口比斗詩

山のてっぺんで
寝ころがると
目の前に広がるのは
雲ひとつない空の青
透きとおるような空の青
吸いこまれるような空の青

（略）

私はすっかり一条の風になって
青の中で舞いはじめる
気がつけば　いつのまにか背に負った
地球という大荷物も
肩からおろして

このように自らの詩心の位置を自然の景観との対置のなかで、さだめようとする傾向は、その他にも多く見られる。そのことはほかならぬ自然と現実のかかわりのなかに調和の意識とそれにもとづく内視のことばを見出したいという欲求の強さを感受させる。

それは稲垣の場合《人は小宇宙を持っている／森の歴史の中で過ごした記憶は／天雲の飛ぶ鳥となり》というようにうたい始めるのだが、坂口の場合《私はすっかり一条の風になって／青の中で舞いはじめる》というような森や空を通しての自らの内視の小宇宙の開示が展開されていくことになる。

前に記した小西の〈大往生〉や長尾の〈感謝〉については現実の自己放下ともいうべき意識からの自己表現が強調されている。そしてついには自らの生きた時間と場に対しての内的調和がはかられることになる。

このような場から発せられるエコーのひろがりと深さは基本的にはこの詩心の内的調和

を求める条件の強靭さに比例するともいえよう。すなわちそれが、退嬰的な感傷性に支えられてあるのか、それともより意志的な指向性をもつのかによってその意欲の方位が決定されてくるといえる。
いずれにしてもこのような感慨を緑の自然に囲まれた岐阜の風土に密着させた典型を次のような詩にみることができよう。

ゴローちゃん

黒田　芳子

「ネエーボクと未来を語ろうよ」
腹話術の人形　ゴローちゃん
芸術文化の森で「コンニチワ」
楽しい歌とおしゃべりの始まりよ
それに森にシャボン玉や風船いっぱーい
飛ばしてね　メルヘンチックな世界を！
折りづるもプレゼント　わーい
チビッコ子たちで　森の中はいっぱい
ワクワクするよ

森の中で　ゴローちゃんひっぱりだこ
チビッ子たちと写真パチパチ　カメラを
持ったパパ大忙し「ハイチーズ」
熱い太陽と芸術文化の森に乾杯！

（略）

これらの作品群を通してしだいに感受されてくるのは何であろうか。それは前にもふれてきたことではあるのだが、自らをとりまく事象に対して積極的な内面的調和をめざして詩表現の位置を求めているということである。それはほかならぬ自分と生きている場とのかかわりをより積極的に求めようとする詩心の強さをあらわそうとする意欲のあらわれであるといえよう。そこに人のいのちのかかわりの深さをより実感しようとする姿勢を求めているともいえるのである。

三、和の条理への対峙の位置

このような傾向は人間の総体を和の条理にかなうものとしてとらえようとする。しかし、それがそんなに安易にアプローチできるものであるのだろうかという問い返しも生まれてくる。そこにその課題に対峙しようとする喘ぎがひとつのエコーとなって詩心をゆさぶってくることになる。

神様とぼく

佐竹　重生

じっと見つめる白いディスプレイ
画面の奥に広がるぼくの混沌
ぼんやりとした影がふるえているのだが
コーヒーを一口　指先で机を叩き
たばこを一本　目を閉じて頭に爪を立て
五分　十分……
一瞬　影がうねり　色がはねて
だが　キーボードに手を載せる間さえなく混沌に沈んでしまう
混沌にひらめくものはいったいどこから現れるのだろう

「詩の最初の一行は神様が下さる」
　と言ったのはだれだっけ※

オレが神様を捨てたのは
生意気盛りの中学生のときだった
その頃家は貧乏で
おにぎり二つが作れなくて遠足を休まされた

その日
神様の管理人が鎮守の森からやってきて
不貞寝しているオレを呼び起こし
初穂料をよこせという

オレは即座に断った
「ボクは無神論者だ」と……
管理人はびっくりした顔をして帰っていったが

夕方
おふくろがアンパン二・三個ほど買えるお金を
隣の　美しい　優しい　奥さんから借りて
神様に謝りに行った
「家を貧乏から救えない神様の方が　息子の遠足より大事か」
と言うオレ
「大人の世界の付きあいは見栄もあれば意地もある
長いものには巻かれなきゃ　生きてもゆけない」
と　ぼそぼそ言って

母が死んで
大人になったボクは大人の世界のしきたりに従って
意地と見栄とを着飾り　長いものに巻かれ
神様にも仲直りを申し出る

　正月にはアンパン十個ほどの賽銭を上げ
子供が生まれると宮参りして紙幣を二枚も出し

進学祈願にはビーフステーキ一枚ほど張り込んで
厄年には神様の管理人に言いなりの初穂料を払い

だが　信仰も信心も無いオレに神様はそっぽむき
そればかりか　仕返しまでするではないか

初詣には
振り袖姿の娘さんを眺めながら石段を下りるオレの足下から石を消し
「たまには儲けさせてくれ」と愚痴ってチャリンと賽銭放りこんだ帰り
オレを走る車にぶつけて空へ飛ばし
保険会社から慰謝料引き出させてごまかす

今日も　詩の最初の一行を意地悪していて

否否
それはオレの考え違いだ
神様は寛大なお方

ぼくにこんな素敵な詩を下さった
　ではないか

※ポールヴァレリー

　ここにおいて佐竹は人が絆を結び合う和の条理の通念に対して、神とぼくという存在の関係性を通して詩的な解明をはかろうとする。しかしその解答はすでに《画面の奥に広がるぼくの混沌》という発語にすでに用意されているのである。さらにその〈混沌〉にひらめきをあたえたのは〈神〉である。おまけにそのひらめきをあたえた神に対してその存在をいさぎよく消去してしまおうとするのである。

　そこでは人の和の通念を支える神とのかかわりも一挙に粉砕されてしまうことになる。すなわち、《「家を貧乏から救えない神様の方が　息子の遠足より大事か」／と言うオレ／「大人の世界の付きあいは見栄もあれば意地もある／長いものには巻かれなきゃ　生きてもゆけない」》と言う母との較べ合わせのなかで、よりその〈混沌〉は和の本質を求めての亀裂を深めていくことになる。

　彼が丸抱えにした〈混沌〉の渦のなかにある亀裂の意識は、この自分を取りまく風土のなかで、ひとつの生の方位を明確にしようとする意欲がたかまるだけ強くなっていく。生のかかわり合う場が、人が畏怖する化身を使って、和の条理の仮面をかぶりながら実はツルミの同化を強いるという実体を解明したかったのであろう。

このような課題をさらに身近な日常にひきつけたかたちでとらえていく場合、それはどのような自己凝視の場を求めていくことになるのであろうか。

しょうがない

堀　寿美

幼い頃から知っていた
少し大人になった頃から使っていた
言訳するために使った
なぐさめるために使った
何かから逃げるために使った
つまり　ごまかすために

うまく話を勧めるために使っている
気まずくならないように使っている
笑って終らせるために使っている

ねえ　もしかして 解ってた
何かをごまかすため
何かから逃げるため
しょうがないって言っていることを

（略）

このように日常を屈折しながら噴きあがってくる自己凝視のエコーは、これもまた詩的自我に転移されることなくことばの内閉を強いられていくのである。ここで問われねばならぬのは、〈しょうがない〉という発語が、それをのりこえる憧憬やそれにともなう願望に転移されることなく自閉することばとして終始することである。その結果はどのような詩の一行をもたらすのであろうか。

自己嫌悪

松岡頼詩子

殴打するがいい
蔓延する舌苔で窒息するがいい

自己主張は凍結し
虚偽と欺瞞の舞台でほほえみ
いつしか己が奈落に消えてしまう
照明家は
叩頭すれば光明をみいだすか
苦悩を口誦すれば
経念仏の効果音はよみがえるか
阿修羅の心を呑みこんで
穏やかな演技をものにして
いかにも分別顔で板の上をわたっていく

ああ真実
生きる　生かされる連鎖の曖昧さ
主体性のなさを呪詛しながら
修祓すればいいのか

（略）

ここでは直叙的に語られる自分とそれを取りまく日常の生活通念との交叉のことばを、詩的メタファによるレトリックに転換できぬまま、自らの存在の惨敗を記していくのである。しかしその意識の喘ぎの息吹は〈生かされる連鎖の曖昧さ〉をよりリアルに自らに刻印しようとしていく。この〈曖昧さ〉を日常の〈和の条理〉の概念に突っこませるなかで、逆に詩的アフォリズムの一行を浮上させようとする試行を求めているようでもある。

日暮れの蚊　　　　小木　克巳

気付かず許している
気付けばやられている
忍び込まれ刺された蚊
烈しい痒みがはしり身を揉む
侮れぬ執念のひと刺し
あきらかな赤い痕跡

網戸を立て　防虫剤を撒き
線香を焚き　万と防備

良しと過ごしていた　はず
なのにどこに隙間があったのか
涼と覚える風の後　ひたと
舞い込んできたのか

やれ打つな蠅が手をする足をする
とは　やさしい小林一茶さま
だが　おれの傍
ニタリと針を構えている奴は
ピシャリと打ってもだめだろう
たとえ手を足を擦り合わせても

（略）

この詩では自らの存在が惨敗の意識にまみれる一瞬を《気付かず……／気付けば……》の発語の重ね合わせの中で〈蚊〉のもたらす行為の意味を読み手に理解させていこうとする。そしてついには〈赤い痕跡〉として不本意のまま刻印されていくことになる。

特にこの不本意の心情が気付かず……気付けば……の対語のなかで増幅していくとき、それはほかならぬ佐竹のうたう《混沌にひらめくものはいったいどこから現れるのだろう》という〈神様とぼく〉の詩の一行につながっていくのである。

それはまた、松岡の詩における《自己主張は凍結し／虚偽と欺瞞の舞台でほほえみ／いつしか己が奈落に消えてしまう》という諦観に通じることにもなる。ただ小木の場合には、それをあえてはね返そうとする詩の方位へのしたたかさがみられるようである。ただその意識の高揚のあまりモチーフへの内燃化がいささかラフになるときもあるようだ。いずれにしても彼の時事への問いかけが、さらなる人間のエゴの本来性への凝視と対峙に向かったとき、どのような詩心の発露がみられるのであろうか。

四、日常の『常識』への問いかけ

われわれは日常ということばを想定される毎日のくらし方の手順のくり返しの場として理解しようとする。しかしそれはまた、生きるという時間をどのような意味で肯定するか否かという問いかけをはらむことにもなってくる。

けがれ

いさじ　てつを

ふわふわ冷たい粘土
見つけた
～～～なんだ雪か
ながい針がいっぱいお家に
落ちてくるのに
～～～なんだ雨か
長い手に赤いルビー
たくさん持っているのに
～～～なんだ柿の木か
大きなかまどでやさしい炭火が
燃えているよ
～～～なんだ夕やけか
スポットライトの中で踊っているよ
～～～なんだ川か

ひとつ　ひとつ
知ってしまったことを
「常識」
みんな
そんな中で生きています

この詩を通して、メタファにいろどられた日常のなりわいの場の区分が判然と映しだされてくる。それはほかならぬ事象の理解をオモテとウラの両面から会得することを提示してくれる。

その結果人はそこに提示された場の使い分けの力を〈常識〉として毎日のなりわいを生きていくことになる。このことは極言すれば、ときとして戦争は悪ではあるが、ある場合には正であるともいえる解釈を使いわけていく場合もある。

いずれにしても、このような解釈を生きていくための〈常識〉としながら《みんな／そんな中で生きています》という結語に収れんさせようとする。そしてそのような生の存在に向けて〈けがれ〉のエコーが放たれていくことになる。それが、自らに向けられたとき人はどのような問い返しのことばを用意しようとするのであろうか。

真っさら

石井　也子

青がすき
真っさらな
青空がすき

白、黒の
はっきりしていた若いころ
〈こどな〉と呼ばれ
生きていた

ある女性に
〈おとな〉になった
と言われた日
灰色になっていたんだと
気がついた

大銀杏がいっぺんに
葉をおとし
目を醒ます

真っさらな青空に
真っすぐのびる
銀杏の裸木

軸を曲げないあの梢は
天の随まで
伸びそうだ

この詩のなかで《白、黒の／はっきりしていた若いころ／〈こどな〉と呼ばれ／生きていた》と自らのあるべき姿を明確に位置づけながら、そのあり方を現実に向かって肯定しようとしている。しかし年月をへてある日《灰色になっていたんだと／気がついた》という羽目になる。

その瞬間、彼女もまた、先ほどの詩にうたわれた〈常識〉を身につけた結果のいたみを実感することになる。そして次のような結語を求めるのである。すなわち《軸を曲げないあの梢は／天の随まで／伸びそうだ》とうたうなかに、〈常識〉をのりこえた憧憬の意志をあらわそうとするのである。

ここで両者に共通するある種の感慨がはっきりとみられる。ひとつは年をへてまるくなり、常識を身につけてきたことである。もうひとつはそれにより〈けがれ〉を知り〈真っさら〉になりたいという願望を持ったということである。

日常の時間を巡回しながら、このような思い入れを何とか詩のことばにかえて自分の生きる主体性を確認しようとするところに、これらの詩の意味の重さが感受されるのである。もちろん詩のレトリックからいえば、単調さを覚える。しかしこの内容のもつ意味から言えば、人間の持つ業への問いかけをさらにほりさげていきたいものである。

それにしても、このような問いかけを自身生きる位置に引き寄せた場合どのような感慨が発せられていくのであろうか。

こごえる個性

磯谷美佐子

（略）

季節の流れゆく
速さにとまどう
年月のすぎゆく
速さに
押し流されて
形をなくす私

行き先

和泉　祥子

（略）

天へ上るか　地へ下るか
たどり着く　どこか

でもやめたりはしないと
心に決めて日々を繰り返す
そして誰の元にも

やってくる　いつか
正解がわかるのも　いつか
いつも　最後
いつも　おしまい

先ほどの問いかけに対して、これらの詩においては、ひとつの解答の典型を示そうとしている。自らのもとめようとする生の条理への崩壊の意識と断念が詠嘆の口調に収れんされていくのである。

そのような一行を静かに肯定しながら〈形をなくす私〉から〈いつもおしまい〉の結語に対して、実は「それはなぜか」という期待に連なる詩の一行を求めようとする自分を発見するのである。

それと同時にそのような場で立ちすくみ身じろぎする自らの詩への取りくみの姿を見出すとすればそこにたまらない新たな憤怒を感じる。それはなぜかというと〈生〉を〈業〉ととらえながら、絶えずそこに派生する欲望と生命の営為を客観化して詩表現へと転換させる意欲の不足を肯定しようとする甘えを感受するからである。

このように考えていくと詩を書くということはつくづく因果なことだと思う。なぜならば、まず自らを取りまく一切に対してのナルシズムを排しそれにともなうオポチュニズムの認識を拒否するところから詩のことばみつけの旅を始めねばならないからだ。

このような観点から自らの詩心の試行を求めようとしたとき、そこにはどんな場と方位が用意されているのだろうか。凝視すれば、そこには日常の一刻にしぶきをあげる人間のリビドーが海鳴りを伝えてくる。

その只中で、日常のいとなみを伝え合う通俗の言語はまさに押し寄せるリビドーすなわち人間のなりわいの業のしぶきに容赦なく粉砕され失語を強いられていくことになる。極言すれば、人間の産みだす文明が年月をへて文化となり得ないという事実もその一例であるといえよう。

生きる一刻を支配した条理や常識が、いつの日か非条理といわれ非常識と刻印される歴史的時間のなかで、自分にとって、詩からのエコーを求めるとすれば、人はいかに生きるべきかなどという問い返しよりも、いったい人とは何かという存在理由の確認の方へ詩の一行を求めていくことになる。

それはまた、現在という一刻に対してますます詩のことばへの彷徨を強めることになる。明晰な試行の経路を持ち得ない者にとっては、その視点と方法にしかすがるすべが無いとも言える。だからそこから生ずるエアポケットを性急に他の作品を通して、埋めたいと願っているのかもしれない。

五、過去という時間への彷徨

人は現在の一刻を確認しようとするとき、いささかの不安定な存在を意識しながら、自らの位置を見出そうとする。それは必然的に過去の時間への朔行を始めていくことになる。それはまた懐古の風景への一瞬を求めるのか。それともそれを拒否したい風景を垣間視ようとするのか。

いずれにしても、前にものべた過去という時間にでくわした彷徨の風景であることには間違いあるまい。

時の移ろい　　山田　達雄

（略）

わたしは　ふと思った
夜が白みはじめれば
フィルムが巻き戻されるように
星はひとつ　またひとつと

消えていくのだ
あの釣り人の姿もいないであろう　と
だが　散歩者の夢想は移ろいやすい
なおも歩をすすめながら
わたしは思い直す
この星空が束の間の天恵であるにせよ
わたしはいま
風であり　木々であり
音もなく流れる川であり
ゆるやかにのびる道であり
石ころである　のではないか
星々が煌《きら》めいている

かつてこのようなかたちで人間の自然への融合を求めるなかで、生への詠嘆をうたいあげた詩がよくみられた。本詩集でもかなりその傾向は発見されるのだが、この〈時の移ろい〉の場に、自我の投影が強まるほどにその意識のシルエットはより強烈な問い返しを始める傾向もみられるようになってくる。

流れる駅

後藤　順

桜花が風に舞う上り三番線のホーム　薄暗い
長い階段を登った先　五十年近く前　私の乗
る列車が待っていたと云う　夢の中で幾度も
闇を確かめながら母を追った　反対の下りホ
ームにいた若い女が手招きをする　あれが母
だったのか　そんな気もした待ち呆けに　小
さな黒揚羽が空に吸い込まれる

紅い夕焼けを積んで列車が過ぎる　さみしさ
を洗うように鉄路に水音が響く　酔いどれた
顔を忘れて轢死した男　どうせならゆっくり
枯れて風を待てばいいものを　あれは父だっ
たのか　夢は器用に私を流す　どこまで家族
がいてどこまで他人になるのか　影踏みごっ
こに疲れた蚯蚓が蟻たちに喰われる

（略）

〈時の移ろい〉の一刻に自らの過去の寸景を融合させようとするようなおおらかさは見られない。現在抱えている家族の位置のありようをそのまま過去の寸景にあてはめて、抱擁されるべきものとする人間の関係を確認しようとするのである。

しかしそれは分裂したまま、過去の追憶の寸景からそのまま現在の一刻に突き返されてくる。それはそのまま抱擁されるべきものが〈待ち呆け〉と〈家族〉の〈他人〉という意識のはざまで激しく破砕されていくのを実感することになる。

その結果として、追憶の風景を通しての自己確認は果たされぬまま、逆に生の彷徨の意識を増幅させることになっていく。それはまた生の条理へのふてぶてしい挑戦となるのか、もしくはさらなるやるせなさを感受する場を押し広げていくものに終始するのか凝視したいものである。

うつむく青年

桂川　幾郎

黄昏の街の中
路上を一群の人人が流れて行く

列を作り
声を合わせて
短く叫びながら

列の中にうつむく青年が見えた
一瞬顔を上げたが
目が合うと
恥ずかしそうな表情を浮かべて
またうつむく

列に紛れたまま遠ざかって行く青年
背中にむかってささやく
　群れないで
　流されないで
　一人になって

帰宅して

合唱曲のレコードを引っ張り出す
ターンテーブルに載せる
針を下ろす
溝の間を走りながら
部屋いっぱいに女性たちの和声が広がる

と
その時
プチッとノイズが聞こえて
うつむく青年が顔を上げた

ここでは追憶の風景とまではいかないが、まさしく過ぎ去った一刻の風景をめがけて自己投入をはかろうとする。簡潔にまとめられた筆致を通して、過ぎた時間の一瞬の風景が正確にスケッチされて突きだされてくる。

そこでは一群の人々と青年との対比を通して、個人と情況とのかかわりあいの深さを確認しようとしている。《群れないで／流されないで／一人になって》という自らに対する呼びかけは、単なる記憶の風景に対する詠嘆とはならずに、その風景から突出しようとする自立の意志の確認をはかろうとしているといえよう。
そのことはとりもなおさず群れに対する真の同調をはかろうとするとき、さらに深い孤立感を発見せざるを得ないことになってくる。それをさらに日常の平凡な追憶のなかにひきもどしてそこに連なる風景に身を寄せていったときどのような感慨をもつのであろうか。

忘れたものたち

鬼頭　武子

陽の落ちたベランダに
干されたままの洗濯物
誰もいない公園のすみに転がっている
少年野球の白いボール
閉ざされた空き家の庭
あせた如雨露が横になったまま

「じゃあ　またね」
電車の降り際に交わした言葉
拝む手の
落としきれてないマニキュアの赤い小指の爪
つるした軒下で
赤くなれないとうがらしがひとつ
近所の子をおんぶして転び
けがをさせ　泣いて帰った九歳の日
一度だけ　何だったのだろう
母に反抗した　あのことば
忘れてしまいたいことを
忘れないうちに　忘れよう

ここにとりだされた二行一連の追憶の風景は、まさにとりとめのない日常の記憶の片々である。それはだらりとたれさがった動かない静物画のように瞬間の記憶のひらめきを詩のメモとして再生しようとしている。

ここで注目したいのは、このような記憶の風景の断片を並べるなかでそこに浮上してくる日常の生活の連鎖の重さを実感させられることである。それはまた次のようなことばに締めくくられていくことになる。《忘れてしまいたいことを／忘れないうちに　忘れよう》という結語のなかに、あらためて記憶の寸景の重ね合わせのなかからにじみでるある種の喘ぎの重さを感受させられるのである。

いずれにしても、人は過去の風景の一刻に対しては、感傷または詠嘆のながれに同調しがちである。それがこの場合、《忘れてしまいたいことを／忘れないうちに　忘れよう》という意志を記憶の風景めがけて突きつけている。それはほかならぬ詩の一行を通して自分のありようを明確に見定めようとしていることでもある。

以上追憶の風景として本詩集からこれらの詩をとりだしてみたのだがここに共通してながれるものはいったい何であったのだろうか。それはほかならぬ現在の一刻に位置する自分の存在の確認にあったのではないだろうか。

そのような方位からの詩的確認を急ぐ理由があるとすれば、それは現在を生きようとする一切の場の不安に対しての自己凝視の姿勢であるといえよう。それがレトロな詠嘆に終止するのかそれとも新たな自己発見のエコーになるのか、それは生きる場の関係を問う意識の自立性にあるともいえよう。
　そういう意味でこの自立の観点を岐阜という風土のなかでどのようにとらえようとしているのか、もう一度追憶の風景のなかへ回帰してみることにしよう。

闇の中から　　　　森　文子

深夜かすかに聞こえる汽車の音が
やがて大きく空気を振るわせ目前に止まる
ドアが開いて吸い寄せられるように
空いた席に腰をかけると
過去に向かって走り出す

記憶の襞という駅に着くたび
弟・姉・母・父が乗車し
一軒の農家の前で止まる

戸が開いて中に入ると
部屋の中央に竈があり
母が急いで朝食の準備にかかる
竈の前で父がキセルの煙草を
吸いながら薪に火を入れる
釜の蓋が踊りご飯が炊きあがる

粗末なちゃぶ台のまわりに
子ども達と両親が座わり
あたたかい朝ご飯をたべる
子供はよく食べ笑い遊んだ
父母は忙しく働いた
すべてが闇の中に消えると
ふと目がさめる

先人達が苦難歓喜の道を
力の限り生きた姿は

いまの私には美しいと思う
残された時間がいかほどか
そしてどんな道かわからないが
精一杯歩きたいと願いながら
ゆっくりと眠りに入る

彼女にとって〈記憶の襞〉にひろがる風景は強烈な生命感につらぬかれた感慨にみちている。その点で他の作品群とはいささか趣を異にしている。家族と個人の関係性を問う前にいっしょに暮らすものは共に一体という歩みの肯定のなかに、記憶の風景のひろがりを求めようとしている。

それだけに、そこに浮上する場面は《先人達が苦難歓喜の道を／力の限り生きた姿》としてうたわれていくことになる。このように生きる方位を共通にした賛歌はある種の生きる温もりさえにじませるものでもあるといえよう。

この〈記憶の襞〉からの賛歌が、未来の記憶の風景につながっていく可能性はどれほどに期待できるのであろうか。すくなくとも、個人や家族にかかわる場に対しての詩的アイデンティティーの確立が激化していくとすれば、それはまた未来への視点の崩落に身をゆだねることにもなると思われる。

追憶の一刻から自らの存在の理由を確認するという意味で本詩集の作品群をとりだしてみた。この営為を通して特に知りたいと思ったのは岐阜という風土に根ざす詩的奔念の方位とはどこを指向しているかということである。

そういう意味で、この追憶の風景からは多様な自己確認のありようが詩のエコーとして発せられてくる。大別すればそれは、詠嘆と生きる意志のありようを問う方位になる。それはまた生の条理とは何かの問いかけにもとづき詩とかかわろうとする意欲においては共通なのである。

それだけにこのような場から拡散していこうとする多様な表現の方位をどのように理解していったらよいのか。とりわけこの風土に根ざす言霊にふれる内容と方法があるとすれば、それをさらにひろいあげ自らの詩心のコアとして位置づけていきたいものである。

詩誌『さちや』ノート

さちや浪漫 ― 極私行 ―

そこに独自の詩の風土を生みだすものがあるとすれば、それはそこに集まった詩人たちの独自の詩心に生きようとした志にあるといえよう。そこで、それぞれの詩人たちが重ねた詩の営為が歴史となり結果として詩誌の号数を重ねていくということになる。

この『さちや』誌も六十年目を通過してさらに誌歴をかさねようとしている。創始者の長尾和男が、美濃加茂の地において発刊したという。敗戦後の岐阜の地において、圧倒的に華麗な詩活動を展開した『詩宴』（殿岡辰雄主宰）とくらべて地味な存在であったようだ。

そんな状況のなかで、志を共有する仲間と『さちや』を刊行したというのだ。誌歴や年数が重ねられていくのだけれど内容や会員数にはあまり変化はみられなかったようだ。けれども、六十年もの誌歴を重ねた詩誌の創始者はだれだろうという興味は倍加してくる。なぜならば、六十年という詩歴の時間を支えた思想の基軸をそこに見出すことになるからだ。しかし、その始祖となった長尾和男はすでに故人となっている。おまけに、その当時の仲間もほとんど今では故人となっている。

そのような時間のながれのなかで、ただひとつだけ手がかりが残っていた。それはほかならぬ本誌主宰を続けている〈やっちゃん〉こと篠田康彦である。私と彼は同年である。その気安さでこの『さちや』誌にかかわった彼の思い出話を素直に聞くことができた。とはいっても、聞いていくうちにいささか拍子抜けしていくことになる。

すなわち、本誌の場の発展を求めて、絶え間なく内容についての研鑽を重ねて、新たな伝統を築くために努力してきたのだというような威勢のいい語りのくだりは皆無なのである。


「そりゃキミい、あのころは、『詩宴』をはじめとして、華やかな若手の詩に対する向学心をたかめようとする場があちこちにあった。だけどこの『さちや』においては、そんな雰囲気なんてありゃしなかったよ。顔を合わせりゃ、マージャン会なんぞといってパイをにぎったりイッパイやるかということになったりしたもんだよ。

それにしてもあの頃（昭和三十年代）のこの『さちや』の会の若い者といえばボクだけだったな。いや当初若い人がつぎつぎとはいってきたのだが、いつのまにか消えていってしまったよ。

たとえば河田忠君（元中日詩人会長）もそうだったな。それからええっとそれがまだいろいろいたよ。けれどみんな出ていってしまったよ。なぜかっていうと、こんなところにいたってそんなにベンキョウにならんとおもったのかもしれないね。

とにかくはじめのころは、名簿上は多数の同人がいたはずなんやけど、しまいには四・五人になってしまったね。そのころ、『さちや』の刊行も年に一回というときもあったな。そんなときだれかが、キミんとこは年寄りばっかりなのに、なぜ若いキミだけが残っているんだねといわれたものさ。

そんなとき俺は言ってやったよ。まあ俺は、人は人自分は自分、自分をみがいて自分で光るさ。だからどうってことないと思っていたよ」

こんな彼の問わず語りを聞いているうちにふと奇妙な親近感を覚えた。そこで同人となることにした。そしてこの詩誌に生きた今は亡き先人たちの足跡をたどることに強い関心を覚えたのである。

それにしても『さちや』創始者の長尾和男にはビックリした。大正十五年(一九二六年)詩集を刊行しているのだが、序文を萩原朔太郎・序詩を野口米次郎・跋文を中西悟堂で飾っている。萩原といえば、当時の詩壇の重鎮であり、野口米次郎は、ヨネ・ノグチとして国際的に有名な詩人であったのである。また中西も著名な文化人であった。

このような、いずれも日本を代表する著名人たちに二十四才という若さで一文を寄せてもらったのである。これは、当時の岐阜の詩人たちにとっては、びっくりするほどの快挙であったにちがいない。いやそうでなかったかもしれない。片田舎の地方人の意識からすれば、ソネミやネタミからツルミ合って無視というかたちでうけとめたかもしれないからだ。

しかし、今から考えれば、まさに破天荒なことであったと考えても不思議ではなかろう。ひょっとすると長尾は泥臭い当地方に向けて、にっぽん現代詩の潮流を一気に流しこもうとしたのかもしれない。とにかく自らの詩活動に対する志は意気軒昂たるものであったといえよう。

いずれにしても、彼の詩想は現実に向けて「異端者の詩」と位置づけながら、遂には「地球脱出」というような詩境にまで無限に発展するのである。彼にとって自らの生きようとする志はまさに詩の風土を自らつくりだすことによって開花していくものであるというロマンがあったと思われる。

それだけに、東京の山本和夫等の詩誌『日輪』と合併しながら一時はかなりの人数の大世帯になっていくのである。そしてそれをそのまま岐阜の風土に根付かせようとするのだ。しかし当地はそんなに甘くはない。チンマリと現実的なのである。いわゆる八軒長屋のナカヨシ詩人仲間の会なのである。

長尾の抱くトテツモない詩の風土建設の理想や理念にキョウメイしていくような者はあまりいなかったようだ。ヒトリ抜けフタリ抜けして、遂にはボロボロとクシの歯が欠けるように最後は四、五人となってしまったようだ。

そもそも彼にとっては、詩の読み方、書き方なんぞのテホドキをして詩人づらしているような奴は性には合わないのだ。もしオレの詩心が理解したかったら全身でぶつかってこいというような人生意気に感ずという肌アイの持ち主であったのかもしれない。

恐らく篠田康彦もそのオーラを浴びて、シャニムニぶつかっていったのかもしれない。そして一方では、ベンキョウ好きでユウシュウな若者が次から次へと去っていくのを横目でみながら、感無量であったかもしれない。

しかし、それに劣らず長尾和男に傾倒していった渡辺力サンもナミではない。長尾について、遺稿詩集の「あとがき」で次のようにのべている。

《ただ私たちは、師、長尾和男の人及び詩を慕い、かつ高く評価する。遺された詩篇を世におくり、ここに新しく加わる詩業を見つめてもらうことを私たちは切に望む。(中略)おそらく師は日々、詩想をねり、詩行をなぞり、文字どおり詩にあけくれた六十年を超える生活であった。然し、そこに自分を埋めこんでいった師は、潮が満ち高まってくるように、想念が文字に定着する実感を、いつも、あの度の強い眼鏡の奥にふかくたたえられていたことを私たちは知るのである。》

このような献辞を惜しげもなく捧げ尽くした男なのだが、その傾倒ぶりは並みではない。自らの詩心の行方をたしかめるために、はるかチベットの奥まで旅をした詩人なのだ。

誰にも好かれる人であったようだが、一面において、相手の邪心や野望をいち早く見破ったり権力をカサに着たがるような人間のウラをすかさず見通してしまう眼力もあったようだ。

会ったこともない詩人だったのだが、チベットの奥地にまで足を運んで、人間と宗教の極点にある詩心を詩の一行に記そうとしたのはやはりスゴイ詩人であったようだ。

そんな同人に交じって、もうひとり異色の詩人がいた。堀滋美という東京医大卒のイシャである。彼のプロフィルを叙した一文を紹介しよう。これは彼の詩集『飛騨山峡の詩』に寄せられた、詩人浜田知章の感想である。

《昼間病院内で話した若い紳士は夜ともなればペンを握る作家に変貌していた。恐らく私は最初の出会い瞥見の印象を生涯忘れないであろう。

坂口安吾氏をそこに見たのだ、放蕩無頼「堕落論」の作者が住んでいるかの如き錯覚を憶えたものだ。破れ障子、ボロ畳の荒れ放題の部室の住人は、驚くような小さい低い声で文学への純情を玉のように吐露したのだった。何年後か精気のみなぎった白衣で手術中のプロフィルを巻頭にのせた、詩集「無影燈」が届いたのであった。》

この詩集『飛騨山峡の詩』には、そこらあたりにコロがっている、自分イヤシとタノシミにくるまった詩集とは完全に違う一面がある。堀滋美は人の生と死の境界をグサリと突き刺しざま、冷徹なまでにいのちとは何かを問いかけ、それを読み手の側へ突きつけてくる。そのなかには、彼の知る限りの大切な人間たちの最後の生の喘ぎまで記している。ちなみに長尾和男についての堀のメモをとりだしてみよう。

昭和五十四年春
長尾先生急病入院の知らせで大学へ……
七月三十一日（火）
激しい疼痛が腰部より右座骨に走り……
昭和五十五年七月十日（木）
午後五時頃眩暈《めまい》のため畑で倒れた。／緊急電話に駆けつけると／昏睡状態である……
七月十四日（水）見舞う
輸血を受けていた。（中略）／さちや 55号があったらすぐ見たいんだがね

八月十日（火）
先生は病床にあってさちや56号を／憑《つ》かれるように編集した。／その初校を印刷屋より受け取る
八月十一日（水）
日曜日（八月八日）より血尿あり（中略）／さちや56号初校先生に渡す
八月十五日（日）
朝岐阜へ行く途中立寄る／長男喜久男氏長江鉱一さちや同人にあう／顔はやつれ額にしわがよっている（中略）／もう絶望かもしれない……
昭和五十八年八月十七日　午前九時五十分死去

とにかく師と仰ぐ人の病状を刻々とメモして、遂にはコノ世からアノ世への引導の時刻まで正確に記した詩集なんて、まずはあまり見られない。しかし彼は憶することなく堂々とそれを記している。

しかし特筆すべきは、彼の詩魂が徹底して人間の存在の生と死の極限までミキワメたいとするネガイが旺盛であったことである。そうかといって、詩人長尾和男への無限の追慕の念は強烈なのである。

長尾の死亡時刻を記したあとに、つぎのような一文を追記している。

（略）

死の床から
さちや56号初校を持ち帰る
「これは手ばなさない
自分がやるんだ
編集を自分の手でやったから
初校も自分でやるんだ
子供の投稿があるから
これも　のせたいしな」

このことばは、恐らく長尾の死後のベッドより堀滋美が『さちや』の初校を持ち帰ろうとするとき、師の意中を察しての独言を記したものであったのだろう。そこには、『さちや』誌を介しての詩人のあふれるオモイヤリとやるせなさが波打っている。

その当時を思い出しながら、篠田はまたも語り始める。

「それにしても長尾さんが死んでから後十年くらいが大変だったよ。なぜかって、彼が亡くなってからの盆過ぎ日曜日には、美濃加茂のお墓へおマイリしたもんだ。夏の太陽がガンガン照りつけるなかで、医者の堀滋美さんが線香をあげてお経を読むんだよ。若いボクは何やわからんけどボソボソ手を合わせて唱和したもんだ。とにかく、夏の日盛りで暑いし汗はタラタラとでるし、何よりも医者が鉦をチーンと鳴らして声タカラカにお経をとなえる姿がフシギでたまらなかったね。

まあとにかくエライ先輩たちのヤラレルことなので、ボクも神妙に手を合わせて拝んだものだよ。

それにしてもあれから何十年、いつの間にか、次から次へとみんなアノ世へ旅立っていってしまわれたな。あのころを知るのはつまるところボクだけということになってしまったな」

篠田はそこまで語ると不意にダマッて目を閉じてしまった。こちらも黙ったままであったが不意に自分が自分に語りかけることばが、ココロのなかにながれていくのを覚えた。

……だけど　キミ（篠田）はえらいよ。自分を劣等生なぞと言っていたが、あれだけのサムライの先輩方のアトにくっついて、その見識や生きザマを追求しながら、オマケにそれらのホトケのあとも供養するなんてこれがホントの優等生というもんだよ。そんな優等生にオレなんかカラッキシなれっこないけどさ。せめて、この岐阜の風土に灯をともし続けた『さちや』誌の先輩方の足アトぐらいは書きのこしていきたいもんだね。せめてそれが『さちや』誌へのボクなりの供養ということになるかな……。ヨシ、今まとめている『風土に根ざす奔念のエコー』には、これら先人の詩魂を記さねばならないのだ……それにしてもキミから『さちや』の先人の供養のハナシを聞くうちに、さらに岐阜の風土に眠る無数の詩魂に会いたいというネガイがぐらぐら燃えハジメタのも先人のミタマが呼んでいるせいかもしれないネとつぶやいたものだ。

そういえば、師長尾和男が死んだというので、もうひとりヤルセない想いをした同人がいたようだな。それは長江鑛一だ。キミにその人となりを聞くと「彼は常識をココロエたいい人だったよ」と言っていた。篠田はいつも先輩をタテルのである。

だけどボクの見方は少々ちがうんだな。そもそも長江が長尾の死にヤルセなさを感じるとすれば、自分のなかのココロの突っかい棒がとれてしまったということに対してだと思う。それはほかならぬ、長尾が自分の志に向けて堂々と生きたという姿に自分も自分に対して堂々と生きたいというネガイと実感を重ね合わせたかったという思いがあったのではないだろうか。

もちろんそれは長尾和男とは違った意味でのことである。すなわち、おのれが生きたいのちをひとりの日本人として、おのれに課せられた運命をいのちがけで全うしようとしたことについて、感慨を持ち続けたのではなかったのかと思うのである。

長江は日本国軍人として生きた。しかし、その感慨は敗戦後の日本においては、到底受け入れられないことでもあった。不惜身命の気概などというものは延命長生の現代においては、まったく嫌われるのだ。

長江は十六冊の詩集等を刊行してきた。そして最後に『消灯ラッパ』の詩集を十七冊目の最終の出版とした。そこには、生前あまり語ろうとしなかった軍隊生活と、死ぬまでにはどうしても語らずにはおれないという軍人としての心情が詩の行間にあふれていた。

面会

某月某日　日曜日
「第一機関銃中隊第二班
　長井《ママ》二等兵　衛門マデ出頭セヨ」

営庭内の行動は
何事も　かけ足で
衛門前に

紋付　羽織　袴
背に逆光をうけて
見なれた白髪頭を
悪い足の方へ少しかしげ
日露の戦傷者
親父

「元気にご奉公しとるか」　と
立っていた

ドギマギ
挙手の礼

三日前野戦から帰還した
古兵のうらぶれた隊列を
迎えオレは何も知らない
はずの戦場を見た。

それは逃避できない大きな侘びしさが残った。

今そこに立っている
まぎれもない
軍隊の大先輩である
勇士に会って
オレは
何に脅えるのか
この悲しさは
どこから来るのだろう

（略）

『消灯ラッパ』
丸善名古屋出版サービスセンター
二〇〇二年（平成十四年）五月五日発行

母

昭和十三年三月六日
歩兵第六聯隊兵舎を後に戦地
へ向かう我が隊は、ラッパの
音も高く、大津通りを南進、
桜通り西方の、国鉄名古屋駅
まで五キロ行軍。

路上では
日の丸の旗舞い
見送る群衆の中で

ふと
おれに
付きそうよう
小走りの

老母《おふくろ》を
見た

『消灯ラッパ』
丸善名古屋出版サービスセンター

これらの作品を書くなかで、長江は軍隊生活のキビシサとセツナサを描こうとした。同時にひとりの軍人として、祖国と家族をどんな気概で守ろうとしたのかについても語ろうとした。

戦争と平和という相ムジュンする価値葛藤のせめぎあいのなかで、必死に自分の生きようとする非戦の道を求めようとしたのだと思う。それを『さちや』誌の長尾をはじめとする数スクナイ同人たちには理解してもらいたかったのかもしれない。

それだけに、長尾の死から受けた衝撃は大きかったといえよう。すなわち、彼は自分の生きた日本の軍人としての気概が、敗戦後一挙に否定されるなかで、なんとか自己回復したいとアガキ続ける自分をみつめていたかもしれなかった。

自分らしく生きようと、それを詩に書くなかでその自立性を『さちや』誌の同人に求めたのではないのか。最後に刊行された『消灯ラッパ』を読みながら、ボクはその感をフカクしていった。そしてカレが自らの人生に対する告別のコトバとしてその思いをここに記そうとしたのではなかったのかと思うのである。

そこにボクは長江の人生への凄烈な「イサギヨサ」を感受するのである。ちなみにこの詩集のエッセイにのべられた次の一文にもそれはあふれているといえよう。

惜別

お許しを得ましたので
こうした場所には　相応しくないかも
分かりませんが
私達仲間がひそかに師と仰ぐ
井伏鱒二先生の
中国晩唐詩人　于無陵の
訳詩であります
「勧酒」を朗読致します

コノサカズキヲ受ケテクレ
ドウゾナミナミツガシテオクレ

ハナニアラシノタトエモアルゾ
「サヨナラ」ダケガ人生ダ

この詩を　今宵ここ岐阜長良川畔は
十八楼に於きまして
送別の宴《うたげ》の中で
お客人に捧げます

『消灯ラッパ』
丸善名古屋出版サービスセンター

カレにとってこの岐阜の地に詩の風土を生みだすものがあるとすれば、それは戦火の時代をモミクチャに生きた喘ぎではないのか。それだけにその余生を自分の詩集のほとんどに孫の描いた絵をせめての道ズレとしてのせながら、人生を終了していった。そして自らの運命を「サヨナラダケガ人生ダ」のことばに託したのだろうか。

けれどもそこには、誰にもゆずれぬ毅然とした自恃の精神があった。よく考えてみれば、『さちや』誌を支えた先人たちの詩魂のモトはそれぞれの自恃の見識より発していたのかもしれない。

だからこそ、作文教室の手ホドキぐらいではなく、自分の詩魂のヒロガリとフカサをそれぞれに追求していったのだろう。今にして思えば、少数の人数ながら骨太の個性をブッツケあいながらの作品をツクリだしていったといえよう。

そんなエライ先輩の原稿の校正にモミクチャになって若い身空をきたえた篠田もタイヘンだったろう。カレが口やかましく校正に関する表記や用語内容の検証にこだわるのも、この時代のキビシい状況に自ら先頭に立って対応してきたせいだったのかもしれない。だから、六十年の伝統を維持してこられたともいえよう。

しかしそれは一五八号あたりで一挙にブチコワレてしまった。たとえばボクの一文にしても、印刷の活字打ち込みのミスで十ヶ所以上もマチガイが生じてしまった。関係者からスマナイの一言すら当方には聞こえてこない始末だ。お陰で一五九号にもまたミスが発見された。思わず激怒して印刷屋へ事の次第をたずねようとしたのだが、それもなぜかカナワなかった。

瞬間、不意に堀滋美の故長尾和男についての病床日記が思い出された。

昭和五十七年八月十日（火）

先生は病床にあってさちや56号を

憑かれるように編集した。

その初校を印刷屋より受け取る

かつて『さちや』誌が一年に一回発行というときもあったそうだ。それを伝え聞いたとき、これを主宰する長尾和男も、かなりキブン屋でノンキな男だと思った。しかし堀滋美の記録を読んだとき、それは全くの見当チガイだということを実感させられた。

それではなぜ年一回の発行でも可としたのか。考えてみれば、編集者として、充分納得して発行したかったのではなかったのか。すなわち書くべき内容に詩魂があふれていないようなモノを集めて何回発行したとしても、しょせん形式的な号数を求めたのに過ぎないというシンネンがあったにちがいない。このように書いていくうちに、先人への思い入れがふくらんでいくのも一興というべきなのであろうか。

そうであればこそ、彼（長尾）は死ぬまで56号のゲラを手離さなかったのだ。『さちや』誌へのネガイとホコリを高く持っていたからであろう。編集者としてチャチなソシリやグチなぞはこぼさず、ひたすら遠い未来への『さちや』誌像を築こうとしていたのではないのだろうか。

いずれにしても、この詩誌に対する編集者としてのネガイは高かったといえよう。そういうカマエを持ちながら、自らの学殖にも意を注いだ。たとえば、『万葉のシュール』『長尾和男全詩集』『新詩論』『萩原朔太郎研究』等である。

もうこうなってくると、これら先人の功徳を仰がねばバチがあたるというココロにもなる。そうなったら、たったヒトリの生き残りのカレ（篠田）に頼んで先人のお墓参りに行くのがイチバンだということになる。それにしてもお経のアゲカタが判らないのがなんとも気のヒケルことではある。

いずれにしても、これは他日に期するとして、六十年前『さちや』誌の灯をともした先人の詩魂は大切にしていきたいものだ。そういう意味で『さちや』先人の詩と生きザマをさらにみつめて、『さちや』浪漫のアカリをさらに同人ミンナのチカラで、大きくともしていきたいものだと殊勝にもネガウものである。

ただボクの立場からこの浪漫のアカリを見ようとネガウならば、何としても、長尾の『新詩論』と『万葉のシュール』くらいにはよりフカク接して見たいと思うのである。彼のにっぽん現代詩にアプローチしようとした批評精神が、未来に向けてどのような方位を示そうとしていたのか。また今なおどれほどの強烈なインパクトをもって『さちや』誌の詩活動に影響をあたえているのかを理解して測定したかったのである。

そういう意味では、創刊当初唯一の〝生き残り〟の同人篠田康彦の『渓流の人』にある「蕪村彷徨・藤村幸親」等の詩論もひとつの重要な意義をもっているといえよう。すくなくともボクはこれらの評論が当時の渡辺力編集長に依頼されて『さちや』誌に連載された作品であったことにおどろいた。この時点での同人たちの詩活動への意識を逆投影して書かれているとも思われるからだ。特にココロ打たれたのは近年発刊された『襤褸を拾う』の著書を通しての詩の自由についてのあるべき方位についてのべている点である。

いずれにしてもこれらの資料を再検証することにより、六十年間の歳月を通してそれを歴史的にどのようなカタチで受けとめノリコエてきたかをさらに明確に確認することができると思われる。『さちや』誌浪漫の灯をより明るく認識することを期待しながら、百年目にはどんなアカリになっているかを夢みたいものである。より積極的な詩活動が期待されるということになる。

それにしても、今さらに『さちや』誌先人たちのココロ意気が身にしみる。なぜなら自分の分限をわきまえ、《サヨナラダケガ人生ダ》の一言に詩魂を託してイサギヨク無限の只中で自らの志に果てていったからである。

呵々　合掌

あとがき

包囲する自らへの「詩とは何か」に対する極私の位置

(一) 愛すべき岐阜の詩風土から突出するエコーをこそ

すこしばかり年月を重ねて生きてみると今さらに自らをとりまく詩風土とは何かという問い返しを重く持つことになる。

すなわち自分のいのちを永らえさせた極小の場と人のかかわりを通して、そこに表出された詩人たちの詩的活動の営為を見ようとするとき、岐阜という風土に生きた詩人たちの「いのちの極み」に対するすざまじいほどの執念を、真の独自の観点からあらためて感受したいという思いに駆られる。物マネ形式主義に甘んじて、さもそれが詩的活動の常識であるかの如き排他的活動のありようとは対極にあるものである。

そのひとつの典型として『さちや』誌主宰の長尾和男があげられよう。

彼は岐阜という風土を自らの詩のアイデンティティの発芽の場として強く認知しながらも、そこにある愛郷心と自らの詩心のめざすべき突出の視点をにっぽん列島を代表する詩壇に向けて問いかけようとしている。さらに自らの詩誌活動の究極のめざすべき気概として詩人としてのありようを追求しようとしている。

㈡　自らの踏まえるべき〈詩とは何か〉の方位こそ明確にせよ

折しもこのような粗稿を書き継ぐなかではしなくも『さちや』誌終刊の報を聞くことになった。まことに万感の意にかられる。その詩の理念と歴史に岐阜地方の他誌にはみられない固有の主張を感受していたからである。

われらが愛する岐阜という狭隘な地において、何よりも詩人と称する人間が求めてやまないのは、一切に対しての無垢の詩心のありようのはずである。ちなみに私はいったい詩とは何かと問われれば次のように答えたい。

詩とは何か

藤吉秀彦

人が人にかかわる一切の事象に対して
批評する叫びと祈りをこそ
詩心と呼びたい

その詩心の
ほとばしりのことばこそ
詩といいたい

㈢　ポピュリズム（大衆迎合）にもたれるな

このような観点に立てばこそ、まさしく詩は人を取り巻く一切に対して自由であり、祈りとねがいをあらわすことばであり、それを強烈な憧憬にまで昇華させる唯一の表現の場であるともいえよう。

そのような自恃の精神で書かれた作品であるとすれば、それは究極の詩人の個性としての詩的人格として、まずは尊重されねばならない。間違っても安易なポピュリズムや大衆迎合的な数を頼みのツルミ屋的な常識性に依拠した判断によって排斥されてはならない。自らの詩とは何かという問いかけを自らに課して追求すべき真の誌的価値の原則に合致したものでなければ、それは真の詩的判断にもとづいたものとは言えないからだ。

詩表現者のおちいり易いエアポケットに落ちこむことなく、この『さちや』詩誌は詩心のコアの大切さを見事なまでに自覚してきたといえる。

篠田康彦の述べている、詩の自由についての理念の遵守と創始者長尾の絶対に詩壇の常識的通念に組しない「みみっちい仲間根性」によるツルミ意識の徹底的排除への叫びというような点を強調することにおいて、『さちや』はまさに詩人のあるべき方位を如実に提示し、他誌にはみられない姿勢を持ち得たものとして特筆すべき存在であったといえる。

そういう点で、特に留意されるべきは、詩誌のリーダーの資質と指導性であるといえよう。それがめざす理念の具体的実践化への方位と場をどのように具現化するかについて、重要な決定づけをしてくるからである。

いずれにしてもその個性ある詩誌のありようをしのび一編の粗詩を呈するものである。

㈣　あるべき詩誌の方位こそ求めて

遙かなれ〈「さちや＝真理」のあかり〉よ永遠に

藤吉秀彦

岐阜県下いやふるさとにっぽん固有の詩文化をめざして航海を続けた
『さちや』詩誌が終刊した
わが敬愛する先人の詩魂の行方を思えば感慨無量である
戦後の激動期七十年の波浪を乗り越えて
われらがふるさと岐阜の詩の歴史を飾って真の詩の自由と主体性を求めた
創始者長尾和男等先人達の〈さちや＝真理〉を満載した巨大な船首が
今　母港美濃加茂ミュージアムに
『さちや』誌賛仰の歌碑源流へと向かって静かに回航していく

この「さちや＝真理」誌の理念を支えてきた
詩精神のエコーが何であったのか

本誌（『さちや』）の語り部篠田康彦は『襤褸を拾う』（さちや編集室二〇一二年（平成二十四年））のなかで次のように記している

《……モチーフを、いかに表現するかが問題であるが、現代詩の場合なんの制約もないのだから、表現方法の可能性は実に幅広く大きい。》

詩誌『詩と詩想』一九九〇年（平成二年）

自由詩はそういう制約がないから、何をどんなふうに表現してもいい……しかし　何の制約も受けない自由詩こそ、ほんとうに純粋な芸術であるといえる。自身の心情や、周囲の光景や、社会の状況・事象など、どんなことでも題材になるし、それをどんな形でどんなふうに描いてもいいのである。

思い返せば創始者達の支えた無言の叱咤激励が
波打ち重なり合って聞こえてくるというべきか
本誌の詩の原則をゆるぎないものとして支えてきたことばである
真っ向から本誌の実践すべき詩精神の方位を指し示し続けた

創始者長尾和男のことばこそ今更に忘れてはなるまい

今から半世紀以上も前に第一回さちや賞を受けた鵜飼選吉同人の詩を評して長尾は「現代の新しさ、批評とか抵抗とか実存的ななまのものがいたるところににじんでいる」と述べている。

さらに自ら主宰する『さちや』誌を踏まえて次のように述べている。

《彼のこれからの「青春の狂気」がどうか、ＳＡＴＹＡの同人たちの寝ぼけ面をぶんなぐり、日本のみみっちい仲間根性の詩壇など、けっとばしてくれるようにー。》

『風土に根ざした奔念のエコー２』所収二〇一六年（平成二十八年）

自ら同人に賞を授けると同時に厳しく同人達に切磋琢磨の精神を説きつつ
遂にはにっぽん列島の詩人の群れあう場を痛烈に叱りとばしたものである
烈火のように発したこの気概と咆哮を何と聞くべきか
「さちや＝真理」の理念はその上にこそ成り立っていたのか

それにしても一昔前岐阜の片田舎の町でそんなに強い信念で語られた歴史が
『さちや』誌終刊の一語で遠い記憶の彼方に放置されていくのか

いや　いや　そうではあるまい　ボクは絶対に忘れない
こんなにも狭隘な詩風土を圧して
そのど真ん中にそびえる
美濃加茂ミュージアムの詩塔から『さちや』誌祖の声が響き渡ってくる
『日本のみみっちい仲間根性の詩壇などけっとばしてくれるようにー。』

この大仰なほど破天荒な叫びにこそ『さちや』の詩魂はこめられていたのか
それにしてもこんなに無骨で率直な雄叫びをなぜ発せずにおれなかったのか

そんな叫びを考究すればこそ今更にこの六十年の歴史を忘れず
真にあるべきわれらが詩風土の詩魂とは何かを問う場の確立を求めて
没稿なぞというふざけた痴れごとを吹き飛ばして
自らが自らの詩のことばとの格闘をこそ前進させねばならないのだ

ああ　今こそあらたな岐阜の詩魂発掘のランタンを打ちふり

始祖の歴史六十年の叫びの遺産をこそ積みこんだ未来浪漫号が
未明の詩の海洋めざして出航の銅鑼を叩き鳴らして疾走を始めたのだ
今こそ絶え間なく押し寄せる時代の波浪にその志をこそ打ちつけてゆけ
ああ　遙かなれ〈「さちや＝真理」のあかり〉よ永遠に

かかるがゆえに狭隘な地方に根ざす詩的偏見をぶち抜き、遂にはにっぽん列島の詩壇めがけてセクショナリズム打破への咆哮を続けた長尾和男を忘れることができない。戦後の詩誌理念の広大さとそれの歴史的持続時間の保有において、この詩誌の名は岐阜県詩史より消えることはないであろう。

㈤『飛騨戦後詩史』と飛騨文化に対する詩的眺望

前にも述べたように岐阜という詩風土に生きた詩人として、長尾和男の存在が想起され、「いのちの極み」に対するその執念が、『さちや』誌を通して輝きを放ったとすれば、岐阜の詩風土に強烈なエコーを放ったもうひとりの詩人として、飛騨の西村宏一の存在が想起されてくる。

飛騨における詩史活動を考究した西村の著書『飛騨戦後詩史』一巻にその歴史の光芒を

発見したからである。

今までわれわれは岐阜県において、詩活動の旺盛さとその結実化においては、県都岐阜市を中心にみられるものであると過信してきた感がある。しかしそれは私自身の思いすごしであったかもしれない。

西村の著作の多くは彼が詩活動の場を美濃から飛騨高山に移してからの生活の中で編み出されたものであったように思われる。彼の作品を読んでみると一見豪放磊落をよそおいながらも、彼は現実の条理に違和感を抱き孤立と調和のアンバランスのまま崩壊しかかる自意識の矛先をなぜか自分を取り巻く飛騨文化を成立させた諸条件の総体としての伝統文化に振り向けていったのではないかと思われる。

そこより派生する憤怒と希望をエネルギーとして詩表現の場を通して飛騨文化の解明とそのあるべき方位を求めようとしたということが考えられる。

山峡の都市高山を中心とする飛騨文化の一角に詩表現の場を通して幾百年にわたる伝統の表皮をめがけて、それのもつ価値性と様式を容赦なくめくり始めたのである。詳しくは本巻冒頭の「飛騨戦後詩史ノート」の中で述べているので省略するが、彼の批評精神こそが真の飛騨文化発現へのエネルギーともなり得るという確信がもたれる。その詩的自恃と見識、実践努力には伏頭せざるを得ない。

西村宏一が遺した『戦後飛騨詩史』の意味がさらなる飛騨文化への多様な詩的創造性を

もたらす突破口となることを期待してやまないものである。

その後、このようなねがいを受け継ぐ新たな飛驒文化の再生の萌芽として飛驒の文芸春秋ともいうべき役割を果たしつつある『飛驒文苑』がある。今後の活動が注目されるところである。

㈥　奔念のエコーへの極私の方位

この詩ノートも三巻を数えることになった。前と同じような観点による内容のまとめというかたちで書いてきた。すなわち詩史的な検証というよりも、戦後の岐阜の風土に根ざした詩の奔念のありようをこそという視点で点描を続けてきた。この「点描」にこめる思い入れはまさに戦後のはざまに萌芽するゆえしれぬ詩人たちのエコーをノートとしてとりだしたいという意欲にかられた結果である。

それは昭和の戦中の閉塞の時代から戦後の開放と混乱の渦中を彷徨して開花しようとした岐阜の詩風土のありようを凝視したいとねがったからでもある。

だからこそ、その営為はささやかな詩ノートの集積であるにしても、私にとってはこの時代の詩人と詩の位相を照射してやまない詩心のエコーをこそ確認したいという欲求にかられたものである。

まことにささやかな営為ではあるが、もとより岐阜に生まれてその地が墳墓となる運命にあるとすれば、それに対する関心はより倍加していくものである。それだけにこのような営為を続けるなかで、今までふり返りもされなかった詩作品や詩人に出くわすとなぜか無性にふるさと固有の詩心にぶつかったようななつかしさを覚える。狭隘の地方に根づいた無骨だが無垢の詩心を感受したとき、そこにこそふるさと固有の詩心の萌芽を見出すこともできようかという感慨を覚えさせられるからである。

いずれにしても、このような意味における実感をこの詩ノートを通して再認識し、さらに詩風土に根づく「奔念のエコー」のひろがりとその根源の深さを考究してゆく意欲につなげることができればと思う。

(七) 地方の小詩誌がねがう自由と独自性

このささやかな詩ノートの考究発表の場は詩誌『蒼炎浪漫』に依拠していくことが多くなっていくようだ。なぜならばこの詩誌が標榜する無会則・無規則・自主自立にアプローチしようとする運営姿勢を通して参加者の表現の自由と独自性を求めようとしているからである。このような詩誌のありようは岐阜近辺には見当たらない。ましてやこんな狭隘な岐阜という風土のなかでその存在が成り立つものかどうか、まことに不安定なものだと言われている。

しかし資金的にもそのあやうさを自覚させられるとき、それは真に詩表現の自由と主体性を自分自身が追究しているかという問い返しのきびしさとなり、それを自らの詩心の飢餓として自覚させられることにもなると再認識するものである。その真の詩表現への自由を求める飢餓意識めがけての無知の漫罵と排他のデマゴーグに対峙し、そこに私は自らの詩表現への意欲と検証と詩誌の存在の意義と価値を共有するものとして突入していきたいと思うものである。

そしてそこから一挙にひろがってくるのは、宮沢賢治の岩手の山脈にこだまして聞こえる愛郷の無数の詩心のきらめきのエコーである。そうだ。そこには人間一切に対して、無垢無心のいのちへの欣求が散りばめられて光っているのだ。それが岐阜の詩風土の空にもキラキラひかって詩心の希望をあたえてくれるのだ。それをこそ自らの奔念のエコーとしてたずねていきたいものである。

なおこのささやかな詩ノートを通しての考究の場は先ほどの詩誌『蒼炎浪漫』に求めていきながらも、また昭和から平成の時代の終焉のなかに収れんされていく身近な詩風土に拡散するエコーを岐阜の風土よりさらに周辺の詩風土に延伸させて次巻より凝視の場を拡大したいと思うものである。

なおこの出版に際しては岐阜新聞情報センター出版室浦田室長以下いろいろな方々にお

世話になった。深く謝意を表するものである。

藤吉秀彦（ふじよし　ひでひこ）

昭和九年（一九三四）　岐阜市に生まれる

ふるさと文化フォーラム主宰

詩誌「無宿」主宰

著書

詩集『にっぽん子守歌』（あんかるわ叢書）／『ゆけ飢餓あぶり街染めて』（あんかるわ叢書）／『やさぐれ』（風淋堂）／『ちまたにうたの降る日々に』（洛西書院）／『さらば柳ヶ瀬』（マナサロワール社）／『山頭火』（砂子屋書房）／『藤吉秀彦詩集』（砂子屋書房）／『寺山修司』（砂子屋書房）／『幻界ゆすり哀号まみれて』（鯨書房）／『風土に根ざした奔念のエコー』等がある

平成十年～二十一年

岐阜の風土に根ざした「ふるさと手づくり歌づくり　藤吉秀彦作品集」を岐阜放送で四回放映

平成十六年～二十二年

岐阜の風土やそこに生きる人々をとらえ、写真・絵と詩をコラボレーションし、人間の情念を表現した作品展「詩のある風景」をのべ十四回開く

平成二十一年

岐阜市ふるさと文化賞受賞

風土に根ざした奔念のエコー3

～戦後を生きた岐阜の詩人点描～

著　　者：藤吉　秀彦
岐阜市太郎丸諏訪八〇―一

発 行 日：二〇一九年五月一日

発　　行：株式会社　岐 阜 新 聞 社

編集・制作：岐阜新聞情報センター出版室
〒五〇〇―八八二二　岐阜市今沢町十二
岐阜新聞社別館四階
☎〇五八―二六四―一六二〇（直通）

印　　刷：ニホン美術印刷株式会社
〒五〇三―〇九〇八　大垣市西外側町二―十五
☎〇五八四―七八―二一七一（代表）

本書で取り上げた詩の中には、時代にそぐわない差別的な文言が含まれている作品があるが、オリジナリティを尊重してそのまま掲載した。